살기 싫어 몽테뉴를 읽었습니다

살고 싶어 몽테뉴를
또 읽었습니다

몽테뉴《수상록》이 말하는
나의 삶을 사랑하는 10가지 방법

이승연 지음

초록비책공방

프롤로그

　영화 〈줄리&줄리아〉를 처음 봤을 때 줄리가 줄리아에게 갖는 운명적인 연결감이 생소해서 쉽게 공감이 되지 않았다. 롤모델에 대한 동경과 존경 정도라면 몰라도 짧은 마주침이나 작은 교감조차 없이 누군가를 그토록 사랑하고 일체감을 느낄 수 있는지 의아했다. 이성 간의 끌림도 아닌데 말이다.

　줄리는 평범한 직장인이다. 해가 갈수록 그녀는 자신이 초라해지는 것 같고 삶의 의욕도 느끼지 못한다. 남편에 대한 사랑은 뜨거움에서 익숙함으로 대체된 지 오래다. 그런 그녀에게 직설화법의 대가인 엄마가 있었으니 "너의 문제는 작심삼일 때문이야!"

　다행히 그녀에게는 유일한 취미가 있었다. 바로 요리다. 어느 날 줄리의 남편은 줄리에게 요리 블로그를 운영해볼 것을 제안했고, 줄리는 자신의 우상 줄리아가 쓴 요리책의 요리를 1년 안에 모두 시도해보기로 결심한다. 그리고 그 과정을 블로그에 연재하기로 한다.

영화는 줄리가 블로그를 채워가는 1년간의 과정과 줄리아가 최고의 프랑스 요리사가 되기까지의 과정을 교차로 보여주며 관객 스스로 곳곳에 숨겨진 그들의 '닮음'을 발견하도록 유도한다. 보물찾기를 해보라는 듯이.

줄리가 쫓은 것은 단순히 줄리아의 레시피만이 아니다. 시간이 지날수록 줄리는 각각의 요리 안에 담긴 줄리아의 인생을 보기 시작한다. 줄리아의 인생은 맛도 향기도 잃었던 줄리의 인생에 감칠맛을 더하는 양념이 되기도 하고 깊은 맛을 위한 숙성의 시간도 제공한다. 줄리는 요리 솜씨만 느는 것이 아니었다. 자신의 삶을 더욱 진지하고 소중히 여길 줄 알게 되면서 한 단계 성장해간다. 감독은 두 사람을 통해 세상에는 눈에 보이지 않는 인연도 존재한다는 것, 줄리아처럼 자신의 인생을 오롯이 잘 사는 것만으로도 누군가에게 충분한 귀감이 될 수 있다는 것을 유쾌하고 따뜻하게 담아낸다.

줄리의 마음을 제대로 이해할 수 있었던 것은 영화를 반복해서 봤기 때문이 아니다. 몽테뉴의《에세》를 만나지 못했더라면 나는 여전히 그 '연결'이 주는 충만감을 모른 채 살았을 것이다. 할머니뻘이긴 해도 줄리아는 줄리와 동시대의 사람이었고, 나와 몽테뉴의 시차는 무려 5세기다. 그런 그에게 내가 느낀 강렬한 끌림을 어떻게 설명할 수 있을까. 사용하기 조심스러운 단어이지만 말하자면 내가 몽테뉴를 만난 건 '운명'이다. 그를 향한 내 이해와 공감은 시공간의 의미를 소멸시켰다. 나는 종종 그와 내가 함께 존재한다는 느낌을 받곤 한다.

3년 전, 또 한 번의 거대한 폭풍우를 만났다. 고통이 없는 삶은 가능하지도, 기대하지도 않았지만 다시금 정신이 아득해지고야 말았다. 고통의 무게가 쉬이 가라앉지 않던 시기에 우연히 발견한 책이 있었다. 《HOW TO LIVE》.

'어떻게 살아야 하나?'라는 거대한 질문 앞에 답을 찾기는커녕 모든 것을 내려놓고 포기하고 싶었던 때다. 무기력과 절망이 나를 온전히 집어삼켜 차라리 이대로 일어나지 못하면 좋겠다고도 생각했던 때였다.

그런데 하필 제목이 'HOW TO LIVE'라니! 책 한 권이 인생을 바꿔놓았다는 혹자들의 얘기를 믿은 적이 없다. 설사 그말이 사실이라 해도 당시의 내 절망이 순식간에 희망이 될 거라는 생각은 해보지도 않았다. 그러나 내가 서문이나 목차도 보지 않고 망설임 없이 그 책을 사게 된 이유는 '몽테뉴의 인생에 관한 20가지 대답'이라는 표지 문구 때문이었다. 몽테뉴는 내게 익숙했던 철학자가 아니었다. 그런데도 그의 이름이 그토록 나를 뒤흔들었던 까닭은 몇 년 전 어느 책에서 죽음에 대한 그의 깊은 고찰을 접했기 때문이다. 한창 영화 강의를 진행하던 시절, 안락사를 다룬 영화를 소개하고자 관련 책들을 섭렵하던 중 유독 몽테뉴의 죽음관이 각인됐더랬다. 죽음을 바라보는 시선이 그런 정도라면 그가 말하는 인생의 답이 왠지 가슴에 안착될 것 같았다.

읽어도 들어도 그때뿐, 세상에 널린 정답이란 것들이 귀를 스치기가 무섭게 흩어지는 일이 얼마나 예사로웠던가. 돌이켜보면 고통의 정중앙에서 난 너무나 살고 싶었던 걸지도 모르겠다. 그 무의식적 발버둥이 내 시선을 몽테뉴 이름 석 자로 이끈 것일지도.

《HOW TO LIVE》(책읽는수요일, 2012)는 영국의 사라 베이크웰이라는 작가가 쓴 책이다. 사실 이 책은 몽테뉴가 쓴《에세 essai》의 해석본 같은 책이다. 우리나라에는《수상록》으로 알려진 책의 원제가《에세》이고, 에세의 영어 발음이 '에세이'다. 문학 장르 중 하나인 에세이의 시초가《에세》이기도 하다.《HOW

TO LIVE》는 몽테뉴가《에세》를 왜 썼고 그 책이 독자들에게 어떻게 읽혔으며 당대와 후대에 어떤 영향을 미쳤는지 그녀 나름대로 분석해보고,《에세》를 중심으로 한 몽테뉴의 생애를 소개하는 내용이 주를 이룬다. 정확히 말해 책 표지의 소개 글처럼 인생의 20가지 답을 알려주는 내용은 아니었다.

이 책이 몽테뉴에 대한 친밀감을 만들어준 것은 사실이다. 그러나 내가 정말로 원했던 것은 몽테뉴의 일생과 16세기 프랑스의 역사가 아니라 단 한 가지라도 인생을 제대로 살 수 있는 지침이었다. 나를 절망에 무릎 꿇지 않게 할, 지푸라기일지라도 내가 잡고 싶고 잡아야 할 그것.

나는 다시 서점에 갔다. 직접《에세》를 읽지 않고서는 나의 갈구를 충족할 다른 길이 없었다. 과연 몽테뉴가 20년씩이나 쓴 책인 만큼 책의 두께부터 어마어마했다. 그러나 그것은 아무 문제가 되지 않았다. 우리나라에서 출판된《에세》완역본은 출간 시점도 오래됐고, 원본에서 빠진 내용이 많았다. 가장 큰 문제는 매끄럽지 않은 번역이었다. 내 지식의 짧음과 경험의 부족과 지혜의 얕음을 탓해야겠지만, 번역의 문제는 내가 과연《에세》를 통해 몽테뉴가 전하고자 했던 진의를 제대로 파악했는지 확신할 수 없는 또 하나의 이유가 되었다. 그래서 나는 가독성을 높이고 독자들이 이해하기 쉽게 내가 소화한 몽테뉴의 문장을 윤문潤文하여 옮겼다. 전문 번역가가 아니라서《에세》의 내용 중 잘못 전달된 부분이 있을 수 있다. 그것은 전적으로 내 잘못이다.

《에세》를 읽는 데 반년이 걸렸다. 정확히 세 번을 읽는 데 걸린 시간이다. 처음 읽었을 때 가슴이 벅차오르는 환희를 느꼈다면 세 번째는 내 안에 그의 말들이 잘 스며들어 있다는 만족감을 느꼈다. 그즈음 주변 사람들로부터 한결 편안해 보인다는 얘기를 듣기도 했으니 내 변화는 실제였다.《에세》를 읽는 동안 나는 여러 번 나를 뒤집어야 했다. 지금껏 내가 알고 느끼고 확신했던 많은 것을 버리고 수정해야 했다. 그러나 결국 나는 지금의 나를 만나게 된 것을 진정 다행이라 생각한다. 새로운 나를 발견한 것이 기쁘고 반갑다.

나의 변화를 독자들과 함께 나누고 싶어 글을 쓰기로 했다. 사라 베이크웰이 왜 해설서 같은 책이라도 낼 수밖에 없었는지 이해가 됐다.《에세》의 마지막 페이지를 덮으며 나도 가만히 있을 수 없다는 강한 충동에 사로잡혔다.

집필 초기에 누군가 왜 몽테뉴를 알아야 하냐고 내게 물었을 때 나는 이렇게 답했다. 꼭 그를 알 필요는 없다고. 몽테뉴는 나에게 의미 있는 사람이지만 모든 사람에게 그럴 필요는 없다. 나는 몽테뉴의 말만이 맞고 그만이 유일한 진리를 말하는 양

떠드는 것이 아니다. 몽테뉴 이전에 고대 그리스·로마의 숱한 사상가들이 이미 답을 찾아 놓았다. 나는 그저 그 많은 사상가 중에 몽테뉴를 만난 것뿐이다.

특별할 게 없는데 왜 그를 소환하냐고? 사실 나는 사람들이 정말로 삶에서 꼭 필요한 답을 모른다고 생각하지 않는다. 대부분의 사람은 어떤 삶을 살아야 하는지 알고 있다. 다만 명심하지 않는 것이다. 명심하지 않기에 계속해서 답을 찾는 것이다. 고전이 사라지지 않는 이유가 이 때문이 아닐까.《에세》를 그런 고전 중 하나로 읽으면 된다.

고전이 특정한 사람들만 읽어야 하는 것은 아니기에 나도 소위 타깃을 정해두고 이 글을 쓰지는 않았다. 다만 내가 그랬듯 삶의 방향을 완전히 잃어버린 채 헤매고 있거나 무언가로부터 상처받고 아파하는 중이라면 이 책이 조금은 힘이 되지 않을까 한다. 몽테뉴의 말이 내게 와 닿았듯 다른 이들에게도 그의 말이 삶의 나침반이 되어줄 수 있다고 믿기 때문이다. 조금 더 욕심을 낸다면 내 자전적 이야기가 작은 위로가 되었으면 좋겠다. 그리 특별할 것은 없지만 같은 하늘 아래 사는 누군가 또한 어디선가 눈물을 훔치는 중이라는 사실이 독자들의 외로움을 덜어내는 데 미약한 도움이 되기를 진심으로 바란다.

고통은 끝나지 않았고, 이 고통이 사라진다 해도 또 다른 고통이 나를 기다리고 있을 것이다. 고통을 즐길 줄 아는 수준까지는 바라지도 않는다. 하지만 더 이상 나는 망망대해를 홀로 부유할 것 같지는 않다. 두려움이 조금 가셨고, 비록 또다시 좌표를 못 찾고 나아가지 못한다 해도 그대로 가라앉지는 않을 것이다.

허리 병이 재발하거나 눈이 침침해져 피로해진 엄마를 보면 조용히 나가 박카스와 붕어빵을 사 들고 오던 예쁜 딸과 귀찮은 엄마의 질문 공세에 성심성의껏 답변해준 아들에게 감사와 사랑을 전한다. 깜빡깜빡하는 나를 위해 걸어 다니는 국어사전이 되어주었던 남편에게도 감사하다.

이 책은 내 친오빠로 인해 시작하고 맺을 수 있게 된 책이다. 이 세상에 단 하나뿐인 사랑하는 형제와 그를 위해 기꺼이 자신을 헌신하는 올케언니에게 신의 은총이 가득하길.

차 례

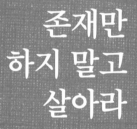

1장

존재만
하지 말고
살아라

내 바로 옆에 있는 죽음

Montaigne's essai ◇◇◇◇◇◇◇◇◇◇◇◇◇◇◇

아이스킬로스는 공중을 나는 독수리 발에서 떨어진 거북에 맞아서 죽었다. 황제 한 분은 머리를 빗다가 빗에 찔려서 죽었다. 아에밀리우스 레피두스는 자기 집 문지방에 발이 부딪혀 죽었고, 아우피디우스는 회의실에 들어가다가 문에 부딪혀서 죽었으며, 판정관 코르넬리우스 갈루스는 여자의 허벅다리 사이에서 죽었다. 내형제 가운데 하나인 생 마르탱 대위는 나이 23세에 이미 용맹한 무인으로 알려졌다. 그는 공을 받다가 오른쪽 귀 조금 위를 맞았는데,

출혈이 있거나 다친 흔적도 없었다. 그는 앉지도 쉬지도 않았다. 그러나 이 공에 맞은 것이 원인이 되어 대여섯 시간 뒤에 졸도하여 죽었다.

사람들은 죽음을 말하기만 해도 놀라며 악마의 이름을 들은 듯 성호를 긋는다.

사실 우리가 죽음에서 주로 두려워하는 것은 습관적으로 죽음에 앞서 오는 고통이다. 거룩한 한 교부敎父의 말씀을 믿는다면, "죽음에 뒤따르는 것이 없다면, 죽음은 악이 아니다." (성 아우구스티누스)

그러나 더 진실하게 말하면, 그 앞에 가는 것도 그 뒤에 오는 것도 죽음에 속하는 것이 아니다. 우리는 잘못 변명한다. 그리고 죽음을 상상하는 조바심 때문에 고통을 참을 수 없게 되며, 고통이 우리를 죽음으로 위협하기 때문에 그것을 몇 배나 심하게 느낀다는 것을 나는 경험으로 안다.

죽음이라는 것을 대비할 수 있는가? 익사, 낙사, 질식사, 압사, 소사 등을 제외하고도 감히 상상할 수 없는 형태로 어이없고 허망하게 맞는 죽음을 보면 과연 언제 어디서 어떻게 닥칠지

모르는 죽음에 대비한다는 것은 불가능해 보인다. 질병으로 시한부 선고를 받은 게 아니라면 말이다. 그러나 또한 가능한 얘기다. 육체적인 대비가 아니라 마음의 대비로 보면.

아버지는 내 나이 20살에 돌아가셨다. 정확히 10년 뒤인 30살에는 엄마마저 돌아가셨다. 아버지는 다발성골수종, 엄마는 췌장암으로 두 분 모두 일명 '나쁜 암'으로 불리는 병으로 세상을 뜨셨다. 엄마까지 그리되시고 나서부터 주변에서는 나에 대한 걱정이 커지기 시작했다. 그들이 걱정하는 진심을 모르는 바 아니었지만 그 걱정의 이면에는 나 또한 언젠가 반드시 암에 걸릴 것이라는 암묵적 동의가 있는 듯했다. '건강관리 잘하라'는 말은 마치 나를 위해 준비된 인사법 같았다.

물론 그들의 걱정만큼이나 나도 내 건강에 자신이 없어졌다. 현대인 중 그 누구도 성인병에서 자유로울 수는 없지만, 엄마의 죽음을 기점으로 내 유전자는 암이 새겨진 유전자로 분류된 것 같았다. 두 분의 병이 유전되는 암이 아닌데도 말이다.

나는 건강 염려증 환자처럼 살았다. 매년 잊지 않고 정기검진을 받고 어딘가 조금이라도 불편하다 싶으면 바로 병원에 달려갔다. 병원 문턱이 내 집 안방 문턱보다 낮다 싶을 만큼 드나들었다. 엄마가 돌아가신 지 14년 즈음이 지난 지금까지 별 탈이 없었던 것을 보면 내 건강의 문제는 육체가 아니라 마음에 있는 게 분명했다.

'조금 마음을 놓아도 되지 않을까? 오랫동안 긴장하며 사는 것이 오히려 나쁜 것 아닐까?'

나는 내 삶에 조금의 느슨함을 허용할 참이었다.

그러나 그것은 내 바람에 불과했을 뿐.

"아가씨. 오빠 빨리 큰 병원에 데려가야 한대요."

다급한 목소리로 올케언니한테 전화가 왔다. 내 유일한 피붙이인 오빠가 큰 병에 걸리고 만 것이다. 얄궂게도 그 소식을 들은 날은 3년 전 엄마의 11주기를 지낸 바로 다음 날이었다.

오빠의 일은 부모님의 일과는 또 다른 충격이었다. 오빠는 당연히 나처럼 건강에 신경 쓰며 살던 사람이었고 심지어 오빠는 의사다. 지금까지 우리의 '불량 유전자'가 심증이었다면 오빠의 발병은 확증이었다. 오빠에게 먼저 닥쳤을 뿐 머지않아 내게도 닥칠 일이라는 데 의심의 여지가 없었다. 나는 아주 오랫동안 오빠만은 살려야 한다는 강한 일념과, 그와 반대로 내 삶의 모든 의욕이 사라지는 모순의 감정을 지닌 채 지내야 했다.

암 환자가 자그마치 174만 명, 이 중 절반 이상이 5년 이상 생존율을 보인다는 희망의 시대이니 마음을 놓아도 될 것처럼 보이긴 한다. 내 건강 염려증이 호들갑처럼 느껴질 수도 있다. 그렇지만 주변을 둘러보라. 여전히 한 집 걸러 한 집으로 환자가 있지 않나? 암뿐 아니라 위험하다고 알려진 모든 성인병 인구를 합치면 어느 집이나 성한 사람보다 아픈 사람이 많은 게 현실이다. 그런데도 우리는 죽음을 늘 남의 일처럼 여기며 산다.

물론 죽음을 자주 떠올리며 사는 것은 쉬운 일이 아니다. 생각만 해도 두렵고 공포를 느낄 수 있다. 사람들은 곧잘 죽음을 삶의 끝이라는 생각 외에 '신의 벌'이라고도 생각하는 것 같다. 죄에 대한 대가로 여기는 것이다. "사람들은 죽음을 말하기만 해도 놀라며 악마의 이름을 들은 듯 성호를 긋는다."는 몽테뉴의 말처럼 시한부 선고를 받은 사람 중 일부는 자신의 병을 밝히는 것을 수치스럽게 여기거나, 대체 내가 무슨 그리 큰 죄를 지었냐며 신을 원망하기도 한다. 일찍 유명을 달리한 사람의 가족에게 "착한 사람을 왜 이렇게 일 찍 데려가셨냐."는 이상한 논리를 위로랍시고 건네는 사람도 있다.

죽음을 뭐라고 정의하든 그 어떤 생명도 죽음을 피할 방법은 없다. '개똥밭을 굴러도 이승이 낫다'는 속담은 저승을 갔다 와 본 사람이 지었을까? 이승도 살아보고 저승도 살아보니 과연 이승이 더 낫다는 결론을 내린 것이 아니라면, 어찌하여 삶은 좋은 것이고 죽음은 나쁜 것이라는 등식을 진리인 양 받아들이는 것인지 나로서는 이해할 수가 없다.

나는 죽음이 두렵지는 않다. 이승과 저승을 비교할 재간도 없다. 앞서 내가 건강염려증 환자처럼 살았다는 말은 죽음이 두려워 그것을 어떻게든 피하고 싶어서가 아니었다. 내가 두려운 것은 질병이 주는 육체의 고통이다.

뜻하지 않은 사고로 한순간에 즉사한다면 모를까, 부모님을 보면서 느낀 게 있다. 긴 세월 투병하며 겪는 심신의 피로 탓에 투병 전 내 모습을 잃는 게 끔찍하게 싫다는 것. 육체의 고통은 육체만 변화시키는 게 아니라 정신마저 무너뜨린다. 그 모습을 사람들은 '정을 떼는 과정'으로 이해시키곤 했다. 그렇게 생명이 소멸해가는 쓸쓸하고도 허무한 과정을 나는 원치 않는다. 더욱이 이미 허물어진 영혼과 육체를 약물의 힘으로 끌고 가는 의미 없고도 잔인한 끝맺음은 구차하기까지 해서 나는 온전한 정신으로 내 죽음을 맞이할 수 없다면 그 어떤 연명도 거부하리라 결심했었다.

나는 늘 내 죽음에 관해 생각한다. 안타깝게도 사랑하는 부모님을 떠나보내고 하나뿐인 혈육마저 아파하는 것을 보면서 도저히 죽음을 생각하지 않고 살 방법이 없었다. 돌이켜보면 어릴 적에는 뇌수막염으로, 커서는 어떤 사건을 당하면서 나는 실제로 죽을 고비를 넘긴 적이 있다. 그러나 어떤 이유인지는 몰라도 그 일들은 나의 의식에 '죽음'을 바로 연결시키진 못했다.

내 머리와 심장에 '죽음'이 아로새겨진 건 가족들이 차례차례 병을 얻으면서부터다. 죽음이 너무나 삶 깊숙이 그리고 가까이 함께하고 있다는 걸 체감하면서 나는 저절로 알게 됐다. 특별한 사고가 없는 한, 나에게는 언제쯤 어떤 죽음이 닥칠 것인지 미리 설정되어 있다고. 그리고 오빠의 일은 나의 예측이 예측으로 끝나지 않을 것임을 선명히 알려주었다.

다행인 것은 내가 내 죽음을 분명하게 인식하고 있는 만큼 내 삶의 모습도 확실히 그려내고 있다는 것이다. 나의 삶은 죽음이라는 거울을 통해 비친다. 그 거울에 반사된 모습이 아니라면 내가 보는 내 삶은 진짜가 아닌 것이다.

수많은 '버킷리스트' 소재의 영화에서 죽음을 목전에 두고서야 삶에 대한 의지를 불태우는 사람들을 보게 된다. 진짜 자신이 살고 싶어 했던 삶을 그제야 직면하는 것이다. 얼마 남지 않은 그 짧은 기간 동안 그들은 모든 가짜를 내던지고 진짜를 향해 나아간다. 출발선으로부터의 긴 여정 동안 무시하고 외면했던 진짜가 왜 삶의 종착지 앞에 서야만 제대로 보이는 걸까. 출발선 쪽으로 몸을 돌려 마지막 스퍼트를 낸들 두 발은 종착지로 갈 뿐인데 말이다.

부모님과의 이별은 종착지가 어딘지 볼 수 있게 해주었지만 내 진징헌 페이스메이커는 오빠였다. 열심히 달린다고 달렸지만 오빠 일이 터지고 나서야 내가 그동안 속도 조절에 실패했다는 것을 깨닫게 된 것이다. 이제 나는 새로운 출발선에 서 있다. 이번에는 제 속도를 잃지 않으면서 목적지까지 무사히 완주할 수 있을까?

삶의 시작이 된 죽음

Montaigne's essai ∞∞∞∞∞∞∞∞

　우리나라 두 번째인가 세 번째인가의 동란 때(정확히 생각나지 않는다), 나는 집에서 4km가량 되는 곳으로 소풍을 갔었다. 나는 호위할 사람도 데려 가지 않고, 타기 편하나 튼튼하지 못한 말을 타고 나갔다. 거기서 돌아오는 길에 갑자기 이 말이 여느 때는 당해 보지 못한 일에 부딪혔다. 내 부하 중에 억세고 키 큰 사내 하나가, 생기 있고 기운차고 억센 붉은 말을 타고, 용감한 체하며 동료들을 앞장서려고 내가 가는 길을 전속력을 내며 곧장 달려와서, 그 거인같이 굳고 무거운 몸으로 이 조그만 사람과 작은 말에게 벼락 치듯 부딪쳐 사람(몽테뉴 자신)과 말이 거꾸로 내동댕이쳐졌다. 그래서 말은 쓰러지고, 나는 열두어 발자국쯤 앞으로 나가 굴러떨어져 얼굴은 온통 상처로 벗겨졌고, 손에 쥐었던 칼은 열 걸음 더 앞으로 나가떨어졌으며, 허리띠는 조각났다.

나와 함께 가던 자들이 가능한 한 모든 방법을 써서 나를 살려내려고 하다가, 죽은 것으로 알고 팔로 안아 약 2km나 되는 내 집까지 데려다 놓았다. 오는 도중과 그 후 두 시간 남짓은 죽은 것으로 간주되다가, 나는 겨우 몸을 꿈틀거리며 숨을 쉬기 시작했다. 왜냐하면 내 뱃속에 엄청난 분량의 피가 괴어 있어서, 그것을 쏟아 내는 데 힘을 얻어야만 했기 때문이다. 사람들은 돌아오는 도중에 몇 번이고 나를 거꾸로 세워 거품이 이는 피를 한 통은 토하게 해야 했다.

그러고 나서 나는 조금 생명을 돌리기 시작했으나 그것은 상당히 오랜 시간에 걸쳐 차츰차츰 회복되었으며, 내가 받은 첫 느낌은 살아 있다기보다는 죽음에 훨씬 더 가까운 것이었다. 그때 내 생명은 간신히 입술 끝에 매달려 있는 듯싶었다.

많은 사람이 사실보다 공상 때문에 죽음을 더 크게 본다.

"사람들이 가까이서보다도 멀리서 더 크게 보인다."고 카이사르가 말한 바를 여러 경우에 체험해본 만큼, 나는 병들어서보다도 건

강한 때 병이 훨씬 더 두려워 보이는 것을 알았다. 죽음도 역시 그렇기를 나는 바란다.

우리는 죽음의 근심으로 삶을 방해하고, 삶에 대한 걱정으로 죽음을 방해한다. 하나는 우리에게 고난을 주고, 또 하나는 공포를 준다. 어리석게도 우리는 죽음의 준비를 준비한다.

우리는 일찍부터 대비하고 있어야 한다. 죽음 이외에 그보다 더 자주 생각해보는 일이 없도록 하자. 어느 시각에나 이 죽음을 모든 모습으로 머릿속에 그려보자. 발을 헛디딜 때, 기왓장이 떨어질 때, 바늘에 조금이라도 찔렸을 때, 바로 '그래, 이것이 죽음이라면?' 하고 되새겨 보고 마음을 단단히 먹으며 긴장하자. 죽음이 얼마나 많은 종류로 우리를 노리고 있으며, 얼마나 많은 결박으로 우리를 위협하고 있는가를 이따금 상기해보자. 그래서 이집트인들은 연회 때 그들의 진수성찬 앞에 사자의 메마른 뼈대를 가져오게 하여, 연회에 참석한 자들에게 경고로 삼게 하는 것이다.

"내일 주피터가 검은 구름으로 하늘을 가리건 밝은 햇빛을 남겨 주건 상관있나? 나는 살아 보았다." 하고 날마다 말할 수 있는 자신이 주인이며 인생을 행복하게 사는 자이다. 현재에 만족하는 정신은 미래의 일로 번민하기를 꺼리리라. (호라티우스)

몽테뉴가 죽음을 대하는 방식이 나에게 큰 깨달음을 주는 이유는 아마도 그가 경험했던 죽음의 순간들이 나와 조금은 유사한 면이 있어서일 것이다. 몽테뉴가 서른 살이 된 1563년 그의 가장 절친한 친구인 에티엔느 드 라 보에티Étienne de La Boétie(1530~1563년)가 역병 페스트로 죽었다. 5년 뒤인 1568년에는 세상에서 가장 존경하는 분이라 일컫던 아버지가 지병으로 돌아가셨고, 이듬해 봄(1569년)에는 앞서 말한 것처럼 공에 맞은 일로 남동생 아르노 드 생-마르탱Arnaud de Saint-Martin이 세상을 떠났다. 자식 운도 없었던 몽테뉴는 37세인 1570년에 결혼한 이후 다섯 아이를 잃고, 외동딸 레오노르만이 살아남아 유일한 상속자가 되었다.

가장 친했던 친구, 존경했던 아버지, 사랑했던 남동생과 다섯 명의 아이들까지. 가까운 사람들이 연달아 그의 곁을 떠나는 것을 지켜보면서 몽테뉴는 죽음이 순간순간 자신의 목을 움켜쥐고 있다는 생각을 떨쳐버릴 수 없었다고 한다. 로마의 정치가이자 철학자인 키케로Cicero(기원전 106~43년)가 '철학은 죽는 법을 배우는 학문'이라 말했듯, 몽테뉴는 스토아학파와 에피쿠로스학파, 피론회의주의 등 고전 철학에 빠져 20~30대를 죽음에 대한 강박관념 속에서 허우적댔다. "시시각각으로 생명이 내게서 빠져나가는 듯하다."는 표현이 완벽히 그의 마음을 대변한다. 죽음에 대한 생각으로 지배당하는 그의 삶은 온전한 삶일 수 없었다. 살아있으되 죽은 것과 다르지 않았다.

그러던 그가 죽음의 두려움에서 벗어나게 되는 결정적인 사건이 발생하게 된다. 몽테뉴 자신에게 실제로 죽음의 순간이 닥쳤는데 바로 낙마 사고를 당한 것이다.

몽테뉴 스스로 그 낙마 사고가 자신이 저승에 갔다가 돌아오는 경험이었다고 말한 것을 보면 생명이 위독할 정도로 매우 심각한 부상을 입었던 게 틀림없다. 사고가 너무 급작스러워 당시엔 공포심을 느낄 겨를도 없었지만, 의식을 차린 후 느껴지는 고통이야말로 호된 죽음 그 자체였다고 한다. 사고 후 몇 년이 흘러《에세》에 이 낙마 사고에 대해 쓰면서 "지금도 그때 쑤시고 아프던 충격이 다시 생각난다."고 할 만큼 고통은 어마어마했던 것 같다.

그 사고 이후 죽음을 바라보는 몽테뉴의 생각은 점차 변화한다. 의식을 찾은 후의 고통은 컸을지라도 사실 사고를 당했던 그 순간에는 불쾌감이 없었다고 한다. 마치 잠이 솔솔 올 때와 같은 달콤한 감각이 섞여 있었다고, 기분이 극히 부드럽고 편안했다고까지 표현했다. 혼미한 정신 탓에 그 감각이 제대로 느껴지지 않았던 것이겠지만 '그때 죽음을 맞이했다면 아주 행복한 죽음이었을 것'이라고 말하는 것을 보면 정말이지 죽음 그 자체는 지극히 찰나의 순간이라 아무런 고통이 없을지도 모르겠다. 어쨌든 자신이 직접 죽음의 문턱까지 다녀온 이후로 그는 죽음의 두려움과 공포로부터 해방되었고, 과거의 모습과 정반대의 시각을 갖게 된다. 죽음에 압도당하던 그가 드디어 삶을 정면으로 바라보게 된 것이다.

그의 변화가 그토록 큰 영향력을 가졌던 이유는 분명하다. 살면서 한 번쯤은 죽을 고비를 넘긴 사람들, 죽음의 경계에 닿아봤던 사람들의 얘기를 들어봤을 것이다.

"전 이미 한 번 죽었습니다. 남은 삶은 덤으로 여기고 봉사하며 살고 싶습니다."

많은 사람이 이런 식의 말을 했던 것을 나는 기억한다. 그들에게 죽음에 대한 두려움은 보이지 않았다. 오로지 살아있다는 것에 대한 신비로움과 감사로 충만해 있다는 게 느껴졌다. 낭비도, 오만도, 계산도, 집착도 없는 태초에 신이 인간을 만들면서 "이렇게 살라."고 한 바를 온전히 통달한 사람들처럼 보였다.

몽테뉴는 저들과 같은 통찰을 얻은 것은 물론 한 가지를 더 실천했다. 자기 자신을 향해 메스와 현미경을 들이댄 것이다. 불완전한 인간이 이제라도 신의 뜻을 완벽히 이해해보겠다고 겸손한 다짐을 한 것처럼 그는 무려 20년 동안 자기 삶의 크고 작은 순간을 빼곡히 기록했다. 그게 바로 《에세》다. 오랫동안 죽음에 대한 생각에 압도당하고, 실제로 죽음에 가까이 가 보았으며, 이후로는 '죽음의 준비를 준비'하면서 비로소 삶을 정면으로 마주한 한 사람의 정성스럽고도 지극한 비망록. 《에세》가 수 세기에 걸쳐 사람들에게 큰 울림을 주는 이유다.

정확히 말하지만 "죽음에 대한 생각으로 죽음을 대비하라." 는 몽테뉴의 말은 죽음에 압도되어 살라는 말이 결코 아니다. 이 대비는 오히려 죽음에 대한 생각에서 벗어나기 위한 것이고, 그리하여 오롯한 삶을 살기 위해 필요한 것이며, 죽음과 삶이 서로의 '적'이 되지 않게 만드는 것이다.

어려울 것 없다. 일상에서 접하는 모든 죽음에 자신을 대입해보자. 세상사 모든 일이 남의 일인 경우는 없으니까. 갑작스러운 사고를 겪는다면? 시한부 선고를 받는다면? 한 달? 3개월? 6개월? 식물인간이 된다면? 심장마비로 급사한다면? 내 죽음은 급사가 좋을까, 시한부가 좋을까? 유언장에는 무슨 내용을 적을까? 내 병을 가족에게 언제쯤 알려야 할까? 준비되지 않은 이별을 한다면 사랑하는 사람들이 나를 어떻게 기억해주면 좋을까? 사랑하는 사람이 갑자기 세상을 뜬다면 내가 어떤 말 (혹은 행동)을 하지 못한 것을 후회하게 될까? 내가 죽음의 순간 가장 아쉬워할 일이 있다면 그것은 무슨 일일까?

이런 질문을 수없이 하다 보면 조금씩 어떤 한 지점으로 결론이 난다.

'아, 나는 이렇게 살아야겠구나!'

죽음으로 시작한 질문이 삶에 대한 답으로 끝나는 묘한 체험을 분명히 하게 될 것이다. 죽음의 경우는 그렇게나 다양한데 살아가야 하는 방식과 삶을 대하는 태도의 귀결은 그토록 단순하다는 사실, 참으로 놀랍지 않은가.

죽은 삶이 아닌
살아 있는 삶

Montaigne's essai ∞∞∞∞∞∞∞∞∞∞∞

인생은 그 자체로서는 좋은 것도 나쁜 것도 아니다. 그대들이 인생에게 차려주는 자리의 좋고 나쁨에 따른다. 삶의 효용은 공간에 있지 않고 사용에 있다. 적게 살고도 오래 산 자가 있다. 그대가 살아 있는 동안, 거기에 주의하라. 그대가 실컷 산다는 것은 세월의 많고 적음에 달려 있지 않고, 그대의 의지에 달려 있다.

내 생각으로는 죽음은 인생의 끝에 지나지 않으며 그 목표가 아니다. 그것은 인생의 종말, 그 극단이지 목적이 아니다. 인생은 그 자체의 목표이며 의도라야 한다. 가장 아름다운 인생은, 터무니없는 기적 없이 평범한 사람의 본보기로 질서 있게 사는 인생이다.

올바른 연구는 자기를 조절하고, 자기를 인도하며, 자기를 참고 견디는 일이다. 우리가 견실하고 안온하게 살아갈 줄 알았다면, 우리는 같은 태도로 죽어갈 줄 알 것이다.

나는 사람들이 할 수 있는 한 행동하며, 인생의 사업을 길게 연장시키고, 죽음은 내가 양배추를 심는 동안에 와주되, 죽음이 왔다고 거리낄 것 없고, 정원이 완성되지 않은 것은 더욱 염두에도 두지 말기를 바란다.

나는 지금 이 시각에 인생에 애착이 없는 것은 아니며, 죽는다는 것이 쓰라리기는 하지만, 고맙게도 하느님께서 좋으실 때, 아무 때 불러 가셔도 아무 아까울 것 없는 사정에 있다. 나는 아무 데도 매인 곳이 없다.

인생관이 바뀌면서 몽테뉴는 죽음에 대한 논쟁을 벌이는 철학자들과 정면으로 배치背馳하기 시작한다. "철학에 마음을 쏟는 것은 죽음을 대비하는 일에 불과하다.", "철학자의 인생은

죽음을 명상하는 것이다."라는 키케로의 주장과 세상의 모든 예지와 사유가 죽음을 두려워하지 말라는 가르침으로 귀결되는 상황에 일침을 가한다.

"죽음은 인생의 끝일 뿐 목적이 될 수 없고, 인생은 그 자체가 목적이 돼야 한다."
"우리는 행동하려고 세상에 나왔다."
"그러니 존재만 하지 말고 제발 살아라!"

철학자들에 대한 몽테뉴의 비판은 "철학자들은 죽음과 죽음에 관한 오랜 예측 때문에 두 번 죽음을 맞이한다."는 표현에서 더욱 정확히 드러난다. 오히려 자신의 이웃들인 농민들은 숨을 거둘 때 어떤 태도를 취할 것인가를 평소에 생각하지 않는데, 이는 본성이 그들에게 죽어갈 때밖에는 죽음을 생각하지 않도록 가르쳤기에 그들의 행동이 더 올바른 것이라고 말한다. 철학에 무지한 농민들이 아리스토텔레스보다 훨씬 더 점잖게 죽음을 해치운다고 일갈하는 것이다. 몽테뉴는 마지막 순간에 자연이 얼마나 순리대로 그 순간을 잘 처리해주는지 확신했다.

그러니 자신이 한때 그랬던 것처럼 그리고 대부분의 철학자가 평생을 그러는 것처럼 살아 있는 동안 죽음에 대한 생각으로 압도당하지 말라고 간절히 당부하는 것이다. 우리는 행동하기 위해 세상에 나왔으니 제발 존재만 하지 말고 살라고, 죽음에 대해서는 걱정이 아닌 대비가 필요할 뿐이며, 그 대비를 통해 어떻게 살 것인지를 결정하고, 그 결정대로 그저 열심히 살면 된다는 진심 어린 충고를 하고 있다.

나는 자연이 순리대로 다 알아서 해줄 것이라는 몽테뉴의 말이 진짜라는 것을 안다. 한 자 한 자 힘주어 말하는 그의 진심이 나에게 고스란히 전달되면서 죽음에 대한 불안이 조금씩 사라지는 것을 느꼈다. 나에게 설정된 운명이 언제 어떻게 닥치더라도 걱정하지 말고 그냥 오늘을 살면 된다는 생각이 내 안에서 제대로 움트기 시작했다. 나 역시 얼마나 '걱정'으로 인생을 탕진했는가. 다만 죽음에 앞서 올 육체의 고통만을 잘 해결할 수 있다면, 이제 나에게 더 이상 걱정거리는 없을 것 같다.

양배추를 심는 동안에 와주었으면 하는 죽음, 일상 어느 순간이어도 좋을 죽음, 반갑게 맞이하지는 못하더라도 힘겹게 밀쳐내지 않아도 되는 그런 때에 오면 정말 좋겠다.

나야 오랫동안 마음의 준비를 하고 있어 죽음이 내 일상의 어느 한순간으로 여겨지지만 내 가족에게는 그렇지 않을 수 있다. 갑작스러운 날벼락일지도 모르겠다. 내 죽음 자체보다 더 걱정되는 것이 바로 그것이다. 나를 사랑하는 남겨진 가족에 대한 걱정. 내가 내 삶을 잘 살아내겠다고 결심하는 이유가 바로 그래서이다. 특히 내가 아이들 곁에 그리 오래 있어 주지 못할지도 모른다는 걱정은 나를 더욱 내 삶에 몰두하게 한다. 순간순간을 허투루 보낼 수가 없다. 내가 이렇게 애태우고 있다는 것을 티 내지 않으면서, 집착이지만 집착이 아니도록 살기 위해 나는 수행과 다름없는 투지와 열정을 쏟고 있다. 삶의 마지막 순간 내가 나 자신과 가족에게 최선을 다했음에 만족하고, 삶의 고비 고비마다 나와 함께했던 기억들이 내 가족에게 조금이나마 위안이 되도록 내 삶을 농밀하게 채워가고 있는 것이다.

지난 세월 동안 나는 죽음의 거울에 비추어 삶을 살아가는 법을 훈련해왔다. 워밍업에 불과했을지라도 내가 줄곧 마주했던 것은 나의 죽음이었다. 오빠 일을 계기로 워밍업은 실전으로 바뀌었지만 내 삶의 결이 크게 달라진 것은 없다. 내 가족이 나를 기억해주길 원하는 모습으로 나는 말하고 행동하며 살아내는 중이다. 충분히 사랑을 전하고 또 사랑받으면서 더할 것도 덜할 것도 없이 남겨야 할 것만 남기고 가길 원한다.

몽테뉴의 말처럼 삶의 속도를 따라잡기 위해서는 집중의 속도를 올릴 수밖에 없다. 순간의 경험과 생각과 느낌을 솔직하게 기록하는 것으로 몽테뉴는 자신의 삶을 멋지게 살아냈다.

나도 그렇게 살 것이다. 오로지 집중의 속도를 높여 오늘 하루를 충실히 살아보았다는 만족이 내 삶의 원천이 되도록 하는 것! '삶은 아름다운 거짓말, 죽음은 고통스러운 진실'이라고 하지만 삶도 죽음도 아름다운 진실이 될 수 있다고 나는 믿는다.

2장

고통에
맞서지
말아라

막혀버린 숨길

Montaigne's essai ∞∞∞∞∞∞∞∞

　이집트의 왕 프삼메니투스가 페르시아의 왕 캄비세스에게 패하여 잡혔을 때, 사로잡힌 자기 딸이 노예 복을 입고 물을 길으러 가느라 앞을 지나치는 것을 보고는, 친구들은 주위에서 모두 울부짖는데도 그는 땅만 내려다보며 말없이 꼼짝 않고 있었다. 그리고 조금 지나 또 자기 아들이 죽음의 길로 끌려가는 꼴을 보고도 똑같은 모습을 하고 있었다. 그런데 그의 부하 하나가 끌려가는 포로들 속에 있는 것을 보고는 머리를 치며 대성통곡히더라는 것이다. 칸비세스가 프삼메니투스를 보고 어째서 그가 아들딸의 불행에는 마음이 격하지 않고 있다가 부하의 불행은 참아내지 못 했느냐고 묻자 "이 마지막 불행은 눈물로 마음이 표현되지만 처음의 두 사건은 마음을 표현할 한계를 넘은 것이오."라고 대답했다는 것이다.

《에세》에는 오비디우스가 쓴 《변신 이야기》에 나오는 니오베에 대해 짤막한 한 문장이 나온다.

"그 여인은 슬픔에 젖어 돌이 되었다."

7명이 아들과 7명의 딸이 모두 죽자 슬픔을 이겨낼 수 없었던 니오베가 하릴없이 눈물만 흘리다 그대로 굳어 돌이 되었고, 돌이 되어서도 그녀의 눈에서는 눈물이 계속 흘러내렸다는 내용이다. 프삼메니투스나 니오베의 슬픔은 나로서는 상상조차 하기 힘들다. 자식을 먼저 떠나보낸 슬픔을 겪은 적이 없기 때문이다.

그러나 슬픔이 극에 달하면 눈물도 나오지 않는다는 경험은 나 역시 한 적이 있다. 그때를 돌아보면 눈물은커녕 사실 숨도 제대로 쉬어지지 않았다. 쉬어지지도 않는 주먹으로 가슴을 내리쳐야만 겨우 심장이 뛸까. 머리도 가슴도 내 것 같지 않아 그 순간엔 제대로 슬픔이 느껴지지도 않았던 것 같다.

엄마가 시한부 선고를 받았을 때 나는 뱃속에 6개월 된 둘째를 임신하고 있었다. 엄마의 수술과 입원으로 부른 배를 안고 병원으로 쫓아다니다 보니 7개월 때부터 조산기가 왔다. 병원에서는 절대안정을 취하라 당부했지만 나는 그럴 수 없었다. 여의치 않으면 칠삭둥이, 팔삭둥이를 낳을 각오로 언제 떠날지 모를 엄마를 하루라도 더 보기 위해 애썼다.

엄마의 시한부가 내게 그토록 아픔이 됐던 것은 아버지가 돌아가신 뒤 10년 동안 엄마가 너무 고생을 하셨기 때문이다. 엔지니어인 아버지는 한 중소기업의 월급 사장이었는데 IMF 직전에 회사가 부도났다. 병원 생활을 오래 하셨기 때문에 부도나기 몇 년 전부터 사실상 회사 일은 돌보실 수 없었고, 부도가 났을 땐 이미 아버지 의식이 오락가락하던 상황이어서 우리 가족은 정신이 하나도 없었다. 결혼 후 가정주부로만 사셨던 엄마와 대학생이던 오빠와 내가 회사 사정을 알 리도 없었다. 회사 오너와 재무 담당자가 알아서 처리했을 것이라 생각했다.

그런데 아버지가 돌아가신 뒤 2년쯤 지나서인가, 아버지 앞으로 수억 원의 채무가 발생했다는 통보를 받았고(대표이사로 등재되면 자동으로 채무자가 된다고 들었다), 그 채무가 고스란히 우리 세 가족에게 상속되었다는 더 기막힌 소리를 들었다. 당시 우리는 상속 포기각서라는 제도가 있다는 것 자체를 몰랐을뿐더러 아버지 앞으로 채무가 발생했을 것이라고는 상상도 하지 못했다. 짐작건대 자신들 살자고 회사 오너와 재무 담당자가 아픈 아버지에게 몹쓸 짓을 한 것 같았다. 그 일로 7년이나 소송을 해야 했던 우리 가족의 마음은 너덜너덜해졌고, 그 사이 보따리 장사며 간병인이며 온갖 궂은일을 해야 했던 엄마의 건강이 온전할 리 없었다. 내가 생각지도 못하게 일찍 결혼을 하고 오빠도 사회에 나와 조금씩 안정을 찾기 시작할 무렵, 이젠 좀 사람답게 살 수 있겠다는 아주 작은 희망의 싹이 생기던 그 틈을 비집고 엄마에게 변고가 생겼다. 그러니 자식이라면 정상일 수가 없었다.

결국 엄마는 예정일보다 한 달 일찍 태어난 둘째가 6개월 되던 때 돌아가셨다. 아이가 태어나기 전에는 배를 움켜잡고라도 병원에 갔는데, 아이가 태어나면서부터는 그럴 수도 없었다. 간호는 고사하고 겨울철에 갓 낳은 아기와 한 살 위인 첫째까지 데리고 도저히 병원을 드나들 수가 없었던 것이다. 간혹 아이들을 데리고 병실을 찾을 때면 간호사들이 나무랐다.

"어린 애들 데리고 오시면 안 돼요. 여기 암 병동인 거 모르세요?"

오죽하면 내가 이러겠냐고 대꾸할 필요도 없는 당연한 지적이었고, 병원의 공기가 다르다는 걸 본능적으로 아는지 둘째는 병원에 들어서자마자 자지러지듯 울며 보챘다.

사실 나는 임신 중에 내 발로 신경정신과를 찾아간 적이 있다. 엄마가 계신 병원을 드나들길 3개월째, 어느 순간 숨이 잘 쉬어지지 않았다. 마음은 펑펑 울고 싶은데 눈물이 나질 않았다. 마음에 큰 병이 있다는 것이 느껴지기 시작했다.

찾아간 신경정신과에서 우울증 진단을 받았다. 그런데 의사 선생님이 출산을 앞둔 임산부에게 약을 쓰는 것이 조심스럽다며 큰 병원에 가볼 것을 권유했다. 그러나 나는 그 어떤 병원도 다시는 가지 않았다. 애초부터 약을 먹겠다거나 상담을 받겠다는 의도로 병원을 찾아간 것이 아니었다. 그냥 내 의식이 내 발을 그리로 이끌었을 뿐. 아마 그렇게라도 살아야겠다고 생각했나 보다. 나는 정말로 숨을 제대로 쉬고 싶었으니까.

내가 다시 병원을 찾은 건 엄마가 돌아가시고 나서 2년 뒤의 일이다. 돌이켜보면 그 2년 동안 난 제대로 울어본 적이 없다. 돌쟁이도 안 된 딸과 연년생인 아들을 키우느라 하루가 어떻게 가는지도 모르겠거니와, 뱃속에서부터 고생해온 둘째가 세상에 나와서도 자주 아파 병원 드나들기에 바빴기 때문이다. 둘째는 젖병의 젖꼭지를 잘 빨지 못했다. 오로지 모유만 찾았는데 불행히도 나는 산후조리를 제대로 못 한 탓에 모유가 잘 나오질 않았다. 빈 젖을 빨아대던 아이는 빈혈이 생겼고 그나마 조금 나오는 모유의 질마저 좋지 못해 늘 설사를 달고 살았다. 이유식이라도 제대로 먹였으면 좋았을 걸, 지금 생각해보면 내 정신으로 살지 못한 시절이라 신경 써서 아이를 잘 먹이지도 못했다. 딸은 아직도 반에서 키 번호 1번이다.

끝도 없고
겹쳐서도 오는 시련

Montaigne's essai ∞∞∞∞∞∞∞∞∞∞∞∞∞

극단적인 재앙을 당한 자에게 점잖은 자세를 요구하는 것은 잔혹한 일이다. 행동만 떳떳이 해나간다면 언짢은 얼굴을 해도 좋다. 육체를 가해하는 것으로써 괴로움이 좀 멀어진다면, 그렇게 할 일이다. 몸을 흔드는 것이 기분에 좋다면, 멋대로 곤두박질이든 수선이든 떨어볼 일이다. 만일 소리를 힘껏 맹렬하게 밖으로 내질러서 (여자들이 해산할 때 그것이 도움이 된다고 어떤 의사들이 말하듯) 아픔이 어느 정도 풀어지는 듯하나면, 또는 그것으로 아픈 생각이 들지 않는다면, 악을 써서 고함쳐볼 일이다.

우리는 이런 쓸데없는 규칙으로 애쓰지 않아도 고통만으로도 할 일이 많다.

비참한 일을 당했을 때 슬픔이 극도에 달하면 사람의 정신은 뒤집히고, 그 어떤 행동도 할 수 없게 된다. 그런데 우리가 대단히 언짢은 소식을 듣고 놀랐을 때, 몸이 얼어붙듯 하다가 눈물과 통곡으로 토해내면 설움이 한꺼번에 쏟아져 나와 얽매였던 마음도 풀리고 몸도 편해지게 된다.

마침내 고통은 간신히 울음에 길을 터준다. (베르길리우스)

신은 짓궂은 장난을 즐기시는 걸까. 엄마가 돌아가시고 얼마 후 가족의 실수로 졸지에 길거리에 나앉을 뻔한 상황까지 생긴 나는 젖을 채 떼지도 못한 둘째와 아직 어린 첫째를 지방 시댁에 맡기고 작은 회사에 취직을 했다. 그때까지 나는 엄마 잃은 상처를 제대로 대면하지 못했고, 아이들을 내 품에서 떼어낸다는 것은 상상도 못 했으며, 경력단절 3년 동안 사회복귀를 위한 준비를 하지도 못한 채 생각지도 못한 곳에서 다시 일해야만 했다. 그로부터 10년간 우리 가족은 언제 끝날지도 모를 힘겨운 투쟁을 시작하게 된다.

나는 2주에 한 번 시댁에 갈 차비와 공과금만을 남기고 나머지 돈은 빚을 갚는 데 올인했다. 출근을 앞둔 주말, 아이들을 시댁에 두고 돌아오는 길에도 나는 눈물이 나지 않았다. 억울한 마음과 원망이 커서일까. 마음은 눈물로 홍수가 날 지경인데 막힌 눈물샘은 뚫릴 기미가 없었다. 울지도 못하는 내 앞에서 운전하는 내내 울어대던 남편이 꼴 보기 싫을 만큼 내 마음은 차갑게 굳어 있었다.

아이들이 시댁에 내려간 지 10개월쯤 지났을 때, 태어나 한 번도 엄마 품을 떠나본 적이 없던 첫째가 할아버지와 할머니의 과분한 사랑에도 불구하고 마음의 상처를 분노로 표현하기 시작했다. 흥이 많아 아침에 눈을 뜨는 순간부터 노래를 흥얼거리던 아이가 어느 새 노래를 멈췄다. 일하다 낮에 잠깐 전화를 걸면 "엄마는 왜 나를 안 안아줘?" 하며 울었다. 4살짜리의 그 울음은 어째서 엄마가 저를 버리고 갔냐는 책망처럼 들렸다. 더 심할 땐 할아버지를 때리기까지 한다는 말도 전해 들었다. 그랬어도 빚을 더 갚아야 한다는 생각에 나도 내 마음의 독기를 쉬이 가라앉히지 못했다.

그러던 어느 날, 내 인생에 그런 일은 없었고 살면서 또 겪지도 않을 것 같은 일이 생겼다.

"이게 무슨 일이지? 이럴 리가 없는데?"

관리실에서 관리비가 연체됐다는 통보를 받은 것이다. 전후 사정을 살피자마자 이상하게 눈물이 났다. 1년에 두 번 나가는 자동차세를 깜빡하고 그달 계산에 넣지 못해 통장 잔액이 부족했던 것이다.

"왜 정신이 이 모양이야! 어떻게 그 돈을 까먹을 수가 있어! 미친년. 너는 미친년이야!"

나 자신을 향해 온갖 험한 말을 쏟아내자 눈물이 주체할 수 없이 흐르기 시작했다. 그렇게 울고 싶어도 나오지 않던 눈물이 대체 그게 뭐라고 관리비 연체고지서에 쏟아지냔 말이다. 정말이지 지난 3년 동안 흘렸어야 할 눈물이 그날 작정하고 내 눈을 뚫고 나오는 것 같았다. 한 번 터지고 나니 이내 눈물이 통곡으로 이어졌다. 거친 호흡에 숨이 막혀 가슴을 쥐어뜯으며 바닥에 몸을 구르기를 몇 시간. 울다 지쳐 잠이 든다는 경험을 그때 했다. 그러다 가위에 눌린 듯 벌떡 잠에서 깨어 다시 울고, 또 지쳐 잠이 들었다가 깨기를 몇 번이나 반복했을까.

훗날 내가 아는 어떤 분이 이런 말을 했다. '눈물길이 숨길'이라고. 일이 잘 안 풀려 내가 가슴이 답답하다고 했더니 울면 괜찮아질 텐데, 했던 기억이 난다. 그 말을 듣고 관리비 연체고지서를 받던 때가 떠올라 '맞아. 그렇지.' 했더랬다. 그러나 그

땐 그걸 몰랐었다.

그런데 그분이 몰랐던 사실이 하나 있다. 속에서 나오는 눈물은 내가 흘리고 싶다고 흘릴 수 있는 게 아니라는 것을. 어린 남매를 핑계로 엄마를 제대로 간호해 드리지도 못하고 추운 땅속에 버리다시피 묻고 온 불효녀인 내가, 엄마의 살냄새가 그리워 마음이 아픈 첫째의 애달픈 청에도 귀 닫던 모진 엄마인 내가, 젖먹이를 제대로 먹이지도 못하고 정신머리 놓고 살던 내가 그때 그 눈물이 터지고 나서야 가엾게 느껴지기 시작했다.

아이들을 시댁에 보낸 지 정확히 1년 뒤, 나는 빚의 3분의 1을 갚았고 아이들을 다시 데리고 왔다. 여전히 많은 빚이 남아 있었지만 다친 아이들의 마음을 보살피는 게 더 시급했던 터라 직장도 그만두었다.

그런데 집으로 온 뒤에도 첫째는 바로 나아지질 않았다. 나는 수시로 아이를 품에 안고 "엄마가 널 너무너무 사랑해. 못 안아줘서 미안했어. 앞으로는 매일매일 꼬옥 안아줄게."라고 한 마디 한 마디 힘주어 말해주었다. 그렇게 5살짜리 심장이 엄마의 온기로 데워지고 입에서 다시 노래가 나오기까지 꼬박 6개월이 걸렸다.

그러나 문제는 역시 나였다. 아이들에게 내 사랑을 넘치도록 보상해주기 위해서는 나 자신을 채워야 했다. 누군가의 보살핌과 위로와 사랑이 나 또한 절실히 필요했다. 그런데 안타깝게도 나는 도움의 손길을 병원과 약에서 찾을 수밖에 없었다. 주변 사람들이 나를 신경 쓰지 않았던 것은 아니다. 그들은 나를 충분히 걱정해주었고 도움을 요청했다면 기꺼이 들어주었을 것이다.

그러나 그들에게 보였던 것은 나 자신이었다기보다 엄마로서의 나, 또는 누군가의 누구로서의 나였다. 아이들 데려왔으니 잘 키워야지…, 얼른 정신 차리고 가정을 잘 건사해야지…, 가신 분은 가신 분이고 산 사람은 살아야지….

내 귀에 닿기도 전에 허공으로 흩어지기 일쑤인 틀에 박힌 위로, 끝도 없이 이어지는 '힘내'라는 말이 당시 나에겐 일종의 폭력 같았다. 도저히, 어떻게 해도 힘이 날 수 없는 상황인데, 그나마 죽을힘을 다해 힘을 내는 게 그 정도인데 사람들은 왜 모르지? 대체 여기서 어떻게 더 힘을 내라는 거지? 힘내라는 말을 했는데도 내가 끝까지 힘을 못 내면 나는 그들에게 잘못하는 건가? '힘내'라는 말 대신 정말로 해줄 수 있는 게 없는 걸까? 나는 그 말이 듣고 싶은 게 아닌데. 나라고 힘내고 싶지 않은 게 아닌데.

가끔은 침묵이 그 어떤 말보다 강할 때가 있다. 그런데도 사람들은 너무 쉽게 말로써 위로의 방법을 찾는 듯하다. 내가 위로를 간청한 적도 없는데도 말이다. 그들이 말하는 '내가 살아야 할 당위'가 나에겐 참으로 부질없이 느껴졌다. 그 당위는 내 심장에 뿌리박히지 못하고 작은 실바람에도 뽑히고 흔들리기 일쑤였다. 나도 엄마를 따라 그곳으로 가고 싶다는 생각이 너무 자주 나를 지배해버렸다.

그런 나를 본 의사 선생님은 매우 좋지 않게 나를 진단했다. 처음 진단을 받은 게 임신 때였으니 그럴 만도 했다. 아이들을 돌봐야 하는 사정임을 고려하더라도 상태가 악화된 탓에 처음부터 강한 약을 처방할 수밖에 없겠다고 했다. 태어나 처음 먹어 보는 항우울제. 남의 시선이나 약의 부작용 따윈 신경 쓸 여유도 없었다. 사실 약에 적응하는 3개월 동안 잠에 빠져 지내기도 했거니와 약을 먹는 내내 멍한 정신과 무뎌진 감각에 현실이 현실 같지 않게 느껴졌었다.

상담과 약에 의존해 1년을 보냈다. 의학의 힘으로 우울증이 좋아진 것인지는 잘 모르겠다. 솔직히 말하자면 내게는 상담보다 약이 필요했다. 내 학부 전공이 교육학이고 교육학도들은 반은 심리학과 학생이라 할 만큼 심리학을 배우는 터라 상담 분야에 대해서는 나도 적지 않은 지식이 있었다. 두서없이 내 속내를 드러내는 것이 치료의 영역에 속한다면 상담의 효과는 아마도 그것이 가장 크지 않았나 싶다. 이는 의사 선생님의 상담을 신뢰하지 못해서가 아니라 내가 의학에 기대했던 것이 정확한 내 상태의 진단과 그에 따른 약의 처방이었다는 얘기다.

약의 효과는 상상했던 것과 아주 달랐다. 사전에 약에 대한 지식이 전혀 없기도 했지만 알았다 해도 약의 반응은 내 의지로 되는 게 아니니까 속수무책으로 당할 수밖에. 초반 3개월은 '항우울제=수면제'일 정도로 끝도 없이 잠에 빠져들었고, 잠에 어느 정도 적응이 되자 정신이 몽롱하다는 느낌이 강했다. 내가 지금 슬픔을 느끼고 있는 건지, 스트레스를 받고 있기는 한 건지 모든 감정이 잘 느껴지지 않았다. 한참이 지난 뒤에 내가 내린 결론은 이것이었다. '아, 이 약의 효과는 무감無感이구나.'

오히려 다행일지도 몰랐다. 슬픔과 고통을 이겨내는 데 무엇이 먼저 필요한 절차인지는 모르겠지만, 당장의 극단적인 생각과 감정을 멈추게 하고 그 감정을 직면할 수 있을 때까지 무감각한 채로 시간을 버는 게 내게 필요했다면 의사 선생님은 적절한 처방을 한 셈이었다.

언젠가는 찾아오는 '때'

Montaigne's essai ∞∞∞∞∞∞∞∞∞∞∞

옛날에(라 보에티가 죽었을 때) 나는 내 기질대로 심각한 비통에 잠겨 보았다. 내가 그때 단순히 내 힘만 믿었다면 아마도 그때문에 죽었을지도 모른다. 그 생각을 떨쳐 버리기 위해서는 기분을 급격히 바꿔야 했기 때문에, 나는 기교적으로 연애를 해보았다. 연애는 내게 위안을 주었으며, 우정에서 생긴 불행을 잊게 하였다.

어떤 괴로운 생각에 사로잡혔을 때는 그것을 억제하기보다는 바꾸는 편이 긴단히다고 본다. 다른 어떤 것을 괴로운 생각 대신 넣는 것이다. 변화는 언제든 괴로움을 덜어주고 풀어주고 흩어준다. 싸워서 괴로움을 이길 수 없다면, 나는 빠져나가며 그것을 피하려고 비켜선다. 나는 계략을 쓴다. 장소와 일과 친구를 바꾸고, 다른 일과 다른 생각을 하는 사람들의 무리 속으로 달아난다. 그러면 그 속에 휩쓸려서 나는 내 자취를 잃고 괴로움에서 벗어날 수 있다.

자연의 이치는 우리의 고민을 해결해주는 가장 좋은 치료법으로 우리에게 세월을 주었다. 세월은 주로 우리가 생각해야 할 거리를 연달아 제공해주어서, 처음 우리를 사로잡은 괴로운 심정이 아무리 강하다 해도 서서히 그것을 풀어버리고 흩어버리며 삭여버린다.

(하지만) 늘 고통에 대항해서 마음을 긴장시켜야 한다. 물러나거나 뒤로 빼면, 고통은 우리를 위협하는 파멸을 불러온다. 육체가 굳어질수록 짐을 지기에 더 든든하듯, 마음 역시 그렇다.

멕시코인들이 어린아이들에게 맨 먼저 가르쳐주는 말은 이것이다. 그들은 아이가 어미의 뱃속에서 나올 때 이런 말로 맞이한다.
"아이야, 너는 참으라고 이 세상에 나왔다. 참아라, 견디어 내라. 그리고 잠자코 있어라."

피할 수 없는 것은 참아낼 줄 알아야 한다. 우리의 생명은 이 세상의 조화와도 같이 순하고도 거칠고, 날카롭고도 평탄하고, 무르고도 장중하여, 그 품격과 취향이 가지각색인 반대되는 것들로 꾸며져 있다. 음악가가 그중에 어느 한 음절밖에 좋아하지 않는다면, 그는 무엇을 표현할 것인가? 그는 이런 것을 통틀어 사용하며 섞어서 쓸 줄 알아야 한다. 그리고 우리도 우리 인생의 공통 구성 요소인 선과 악을 함께 다룰 줄 알아야 한다. 이런 혼합 없이는 우리의 생명이 존속되지 않으며, 이 두 가지는 똑같이 다 필요한 요소이다.

소크라테스는 어떤 신이 고통과 쾌락을 뭉쳐서 뒤섞어 놓으려고 했다가 그것을 잘해낼 수 없자, 이들을 꼬랑지끼리 붙들어 매어놓기로 작정한 것이라고 했다.

우리의 행복이라는 것은 불행이 없다는 것에 불과하다. 그 때문에 탐락을 가장 높이 평가한 어떤 학파의 철학자는 이 행복이라는 것을 다만 고통이 없는 상태라고 세워놓았다. 엔니우스가 말하듯, 불행을 갖지 않음은 많은 행복을 가짐이다.

나는 가능하지도 바랄 만하지도 않은 이 고통 없는 상태를 칭찬하시 않는다. 진실로 고통의 외시을 뽑아 없애는 자는 동시에 탐락의 의식을 없앨 것이며, 마침내는 인간 자체를 파괴할 것이다. 악은 인간에게는 다시 선이 된다. 고통이라고 해서 언제나 피할 것이 아니고 탐락이라고 언제나 좋아야 할 것이 아니다.

◇◇◇◇◇◇◇◇◇◇◇◇◇◇◇◇◇◇◇◇◇◇◇◇◇◇

16세기에 항우울제 같은 약이 있었을 리 만무하다. 숱하게 주변 사람들이 죽는 것을 지켜봤던 몽테뉴는 자신에게 가장 큰 고통을 준 친구 라 보에티의 죽음 후, 그 슬픔을 바로 직면하지 못하고 연애로 '회피'했다고 고백한다.

그리고 남을 위로할 때는 '기분 전환'의 방법을 썼다고 한다. 남편의 죽음으로 상심해 있던 한 부인을 위로할 일이 있었는데 부드럽게 다른 화제로 이야기를 돌려 잠시라도 그 괴로운 생각에서 벗어나게 하고 마음을 진정시키는 데 신경을 썼다는 것이다. 내가 그 방법에 감탄했던 것은 그가 그 부인의 비탄을 이성으로 달래려고 하지 않았다는 데 있다. 철학자의 말을 운운하며 그것은 가벼운 불행이라느니, 다 지나갈 것이라느니, 그래도 당신을 사랑하는 사람이 많으니 외로워하지 말라느니 등등.

다른 화제에서 다시 남편의 죽음이라는 비통함의 주제로 돌아왔을 때 그 부인의 마음이 조금도 누그러지지 않았다는 것을 알았지만 자신은 (사실 그 누구라도) 그 원인을 뿌리째 뽑을 재주가 없다고 겸손하게 말할 줄 안다는 것은 몽테뉴 자신이 그 비통함에 대해 잘 알기 때문일 것이다. 그래서 소통은 공감이 전제될 때만이 의미 있는 것이고, 소통이라는 것이 꼭 말일 필요도 없는 것이다. 그 부인 입장에서 몽테뉴가 고마웠던 것은 몽테뉴가 잠깐이라도 기분을 전환해줘서가 아니라 자신의 옆에서 시간을 함께 보내주었기 때문일지도 모른다.

회피든 기분전환이든 그것들이 일시적인 도움이 된다는 것을 나는 인정한다. 누구나 그 사람만의 시간이 필요한 법이다. 고통을 직면하기까지 말이다. 시간을 버는 것도 쉬운 일이 아니다. 시간을 버는 노력도 의식적으로는 '내 안에 아직 슬픔이 있음'을 인식하고 있기 때문이다.

어쨌든 그래서 어렵게 직면을 결심했다고 하자. 직면은 무엇인가. 그 의미를 정확히 뭐라고 정의해야 할지 모르겠지만 무엇이 시작인지는 말할 수 있을 것 같다. 내 경험에 비추어 표현하자면 '직면'은 자신이 처한 상황과 자신 안에 있는 슬픔을 인정하는 데서 출발한다. 참기 힘들었던 것은 엄마에게 미처 용서를 빌지 못한 내 잘못들과 지키지 못한 약속들, 함께 해야 했을 것들을 하지 못한 후회와 자책이었다. 엄마에 대한 연민도 나를 괴롭힌 것 중 하나였다.

몽테뉴는 날마다 생각으로 거적을 씌워 감수성을 무디게 만들었다고 했다. 특히 다섯 자녀를 앞세우면서 이런 훈련을 거듭했던 것 같다. 앞서 니오베의 얘기처럼 그 모든 죽음 중에서도 자식을 잃는다는 것은 부모를 돌로 만들고, 돌이 되어서도 눈물이 멈추지 않는 아픔이지 않나. 얼마나 아팠으면 아예 그 감정을 무디게 만들려 했을지 그 마음이 느껴져 내 마음도 저렸다. 나는 약으로라도 무감無感을 얻었지만, 그는 온통 의식으로 그것을 해내야 했으니 말이다.

그런데 항우울제를 끊은 후 내가 선택한 방법은 오히려 몽테뉴와는 정반대였다. 나는 장소·시간 불문하고 감정이 나를 지배할 때마다 그 지배를 고스란히 당했다. 관리비 고지서에 한 번 터진 눈물은 그 뒤로는 예고 없이 쓰나미를 일으키곤 했는데, 생일이나 엄마 기일같이 특별한 날은 말할 것도 없고, 길을 걷다 어떤 아주머니의 뒷모습이 엄마와 닮았다고 왈칵, 식당의 메뉴판 그림을 보다가 엄마가 해주던 육개장 맛이 그리워 또 왈칵, 자기 엄마를 홍보하는 라디오 사연을 들으면서 지긋지긋했던 엄마의 잔소리가 듣고 싶어 왈칵. 그렇게 제멋대로 눈물이 터져버리면 난 그대로 주저앉아 그냥 울었다. 길 한복판이든 북적이는 식당 안이든 상관하지 않고 말이다. 눈물이란 것은 내가 원할 때 재깍재깍 나오는 게 아니었기에 찾아오는 것만으로도 반갑고 기쁜 재회였다.

몽테뉴의 말 혹은 선조들의 말씀대로 세월이 약이어서인지, 눈물이 조금씩 내 슬픔을 씻은 덕인지, 과연 시간이 지날수록 비통함이 누그러지는 느낌이 나 역시 들었다. 그렇다고 슬픔을 극복하기 위한 방법으로 그저 세월이 흐르기만을 기다리라고 말한다면 혹자는 화를 낼지도 모르겠다. 그게 무슨 해결책이냐고. 세월이 흘렀는데도 상처가 낫지 않으면 그때는 어떻게 할 거냐고.

솔직히 이런 질문에 쾌도난마 할 재간이 나에게는 없다. 비겁하거나 무기력해 보여도 때로는 버티는 것만이 유일한 방법이더라, 는 말밖에 할 수가 없겠다. 몽테뉴도 말했지만 사실 슬프고 아픈 감정은 사라지지 않는다. 그런데 그 감정을 고스란히 느끼면서도 적절히 다스릴 수 있는 때가 오긴 오더라는 것이다. 혹 극복이라는 말을 쓰게 된다면 아마도 그런 시점을 말하는 게 아닐까 싶다. 그 감정을 끄집어내어 울고 싶을 때는 울고, 어느 때는 눈물 없이도 담담하게 얘기할 수 있을 때, 그리하여 어떤 노래 가사처럼 어느 순간 '밥만 잘 먹더라' 하는 나를 봤을 때가 온다면 잘 해낸 것이라 말하고 싶다.

그렇게 버티고 버티다 보니 어느 날 드는 생각이 고통으로 가득했던 불행의 시간이 결과적으로 나에게 나쁘기만 했냐 하면 꼭 그렇지는 않더라는 것이다. 우리가 진짜 불행한 이유는 불행의 의미를 정확히 인식하지 못하고 단지 그것을 부정적 의미로만 인식하고 있기 때문은 아닐까 싶었다. 나 역시 고통을 극복해야만 하는 무엇이라고 생각하며 살았고 행복은 좋은 것, 불행은 나쁜 것이라는 이분법적 사고방식으로 인생을 바라보았다. 소크라테스의 말마따나 불행과 행복이 서로 꼬리물기를 하는 줄도 모르고 말이다. 몽테뉴도 이 말에 동의하며 "웃음의 절정에는 울음이 섞인다."고 하지 않았나.

그런데 때때로 사람들이 정해놓은 불행의 완벽한 조건 속에 있는 사람들이 오히려 그 상황을 감사하며 웃고 있는 모습을 볼 때가 있다. 실제로 나는 그런 사람을 본 적이 있다. 식물인간이 된 가족을 돌보면서도 원망이나 절망은커녕 살아있는 순간순간이 선물이라고 말하는 사람. 불행 속에서 행복을 느끼며 사는 그런 사람들은 '극복'이라는 단어보다 '순응'이라는 말이 더 어울리는 듯 보였다. 'Let it be'에서 더 나아가 '아모르파티'를 실천하는 사람들이 과연 있었던 것이다.

아모르파티. '운명을 사랑하라'는 말은 우리가 생각하는 것보다 훨씬 더 큰 말이 아닐 수 없다. 행복 가득한 운명을 사랑하는 것은 어렵지 않다. 그러나 인생은 '고해苦海'다. 그러니 운명을 사랑한다는 말은 고통을 받아들인다는 말과 다르지 않다. 그것도 감사하는 마음으로.

가끔 생각해본다. 나에게 고통이 없었다면 지금의 나는 어떤 모습일까 하고. "우리가 건강을 가벼운 병만큼도 느끼지 못하고 사는 것을 볼 때, 극도의 탐락은 가벼운 고통만큼도 느껴지지 않게 되어 있다."는 몽테뉴의 말은 진실이다. 즉 행복은 불행 없이 그 자체로 느끼기가 어렵다는 말이다. 죽음 없이 삶을 들여다볼 수 없듯 불행 없이 행복을 논할 수 없는 것은 같은 이치이다. 그러니 지금의 내가 둘째가라면 서러울 만큼 오만방자하고 안하무인이 되어있지 않다면 그것은 온전히 내게 닥친 고통의 덕이다.

그런데도 고백건대 나는 아모르파티까지는 엄두를 못 낼 것 같다. 고통이 나를 성장시키는 거름이라 해도 나는 그것을 기꺼이 청하는 기도는 절대 못 하겠다. 그것이 그냥 나의 한계다. 나는 내 삶 곳곳에 지뢰처럼 박아놓은 크고 작은 고통을 마주할 때마다 '내가 뭘 그리 잘못했냐', '나한테 이러시는 이유가 대체 뭐냐'고 신을 향해 따져 물으며 살 것이다.

오만함이 모든 죄악의 근원이라는 것은 알지만, 그래도 부족한 나 자신을 탓하지는 않으련다. 내가 고통에 몸부림치다 내 마음을 죄다 할퀴고 망가뜨리는 대신 마음 한 곳에 '고통의 방'을 마련해놓은 것만으로도 나는 내가 기특하니까. 죽을 때까지 그 공간의 이름은 계속해서 '고통의 방'이겠지만 그 방이 언제나 어둡지만은 않게 불을 켰다 껐다 할 수 있으니 이만 하면 됐다.

3장

내 길만을
똑바로
걸어가라

두 번의 자살

Montaigne's essai ∞∞∞∞∞∞∞∞∞

군중 속에 들어가는 자는 때에 맞게 사람 따라 일 따라 살아가야
만 한다. 플라톤은 세상의 일에서 자신의 몸을 더럽히지 않고 피해
나오는 것은 기적이라고 하였다.

사람들에게 칭찬을 받는 것은 무엇인지 모를 자연적인 달콤한
맛이 있다. 그러나 우리는 그것을 너무 지나치게 중요시한다.

나는 목석이 아니므로 칭찬을 싫어하지 않는다. 그러나 그대가 '잘한다', '좋다' 하는 것을 궁극의 목적으로 삼기는 싫다. (페르시우스)

코감기에 걸린 자가 그리스 포도주 맛을 모르듯, 장식한 말안장을 말이 누리지 못하듯, 플라톤은 건강·미모·힘·부·기타 재물이라 부르는 모든 것이 그릇이 되는 자에게는 행운이 되지만 그릇이 못 되는 자에게는 화가 된다고 말한다.

나는 내가 나 자신에게 어떻게 보이는가는 걱정하지만 남이 나를 어떻게 보는가는 걱정하지 않는다. 나는 남의 것이 아닌, 자신의 것으로 충족되기를 원한다. 사람은 각기 속으로는 열병과 공포심으로 가득하면서, 밖으로는 태평한 모습을 보여줄 수 있다. 사람들은 내 마음을 보지 않는다. 그들은 내 겉밖에 보지 않는다.

사람은 자기가 출생해서 성장한 운을 유지하면 족할 것을, 그 운을 더 키우려고 불확실한 일을 하다가 손에 잡은 운마저 놓치는 미친 수작들을 하고 있다.

야심으로 말하자면 교만과 이웃 간이랄까. 출세하려면 행운이 와서 내 손목을 끌고 갔어야 할 일이다. 불확실한 희망 때문에 수고하며 인생 행로의 첫머리에 남의 마음을 얻으려고 하는 자들이 당하는 고난을 겪어내는 일 따위를 나 같으면 하지 못했을 것이다.

나는 내 눈으로 보고 내 손에 잡히는 일에 집착한다. 그리고 내 자리에서 멀리 떠나지 않는다.

내 시대에 대학 총장들보다 더 현명하고 행복한 직장인들과 농군들을 몇백 명이고 보았는데, 나는 차라리 이들을 닮고 싶다.

우리는 사회가 학문 없이도 극히 질서 있게 나아가는 것을 본다.

행동으로 우리를 검토해본다면, 학자들보다도 배우지 못한 사람들 속에서 탁월한 인물이 더 많이 발견될 것이다. 모든 종류의 도덕성에 관해서 말이다. 왜냐하면 이런 덕성은 단순한 사람들 편에 있기 때문이다.

젊은 시절, 한 선배는 나를 '무쏘'로 불렀다. 당시에 인기 있던 SUV 이름이었는데 왠지 나를 보면 그 차가 연상된다는 것이었다. '도전과 전진'을 기치로 내걸었던 내 젊은 시절이 어땠는지 단적으로 보여주는 별명이다. 당시 나는 그 별명을 좋아했다. 내가 내 이상대로 잘 살아가고 있는 것 같아 왠지 뿌듯했다.

내가 그렇게 산 이유는 '공명公明'이라는 큰 가치 때문이었다. 고매하고도 순결한 그 가치는 내 객기를 '정의에 대한 울분'으로 포장해줬고 공격성은 '투지'로 읽히게 했다. 대학 시절 기자가 되기를 꿈꿨던 내가 언론사 입사를 포기하는 대신 인연을 맺게 된 첫 일이 어느 국회의원 보좌 업무였기에 내가 공명의 가치에 나를 가두는 일은 어쩌면 당연했고 아름다워 보이기까지 했다.

내 주된 업무는 공보였다. 기자 출신도 아닌데 언론고시를 준비했다는 이유만으로 선배들이 나를 존중(?)해 맡긴 일이었다. 일반적으로 보좌진은 모두 멀티플레이어여서 특정 영역만 전담하기가 어려운데, 운 좋게도 나는 그 의원실을 그만둔 후에도 처음 맡은 직으로 오랫동안 경력을 인정받았다. 당시만 해도 육아휴직이 사회적으로 널리 용인되지 못했고, 특히 정치권은 더욱 보수적인 곳이라 일찍 결혼하고 아이를 낳은 나는 날개를 채 펴보기도 전에 경력단절을 겪었다. 그런데도 선거철만 되면 캠프마다 부족해지는 일손 탓에 나에게까지 러브콜이 왔다. 그렇게 나는 선거철에만 경력을 이어나가는 메뚜기 일꾼이 되었다. 일에 대한 목마름이 컸기에 그렇게라도 공보 담당자의 직함을 유지해가며 갈증을 달랬다.

나에게 위기가 찾아온 건 사회에 발을 들인 지 12년, 메뚜기 일꾼 경력 7~8년 즈음이 되던 어느 해였다. 근근이 이어온 경력이었어도 선거란 선거는 다 치러본 나였는데 그해 선거는 유독 힘이 들었다. 정치의 본질은 싸움이고, 그 싸움을 나름 즐길 줄도 알았다. 앞서 말했듯 나는 투지로 가장된 공격성이 있는 사람이었다. 당시에도 우리는 상대 당 캠프와 맹렬히 전쟁을 치르고 있었다. 선거 결과를 장담할 수는 없어도 공격할 거리로도, 여론의 방향도 우리에게 유리했다.

선거는 우리가 이겼다. 백중세가 아니라 큰 표 차이로 승리했다. 그러나 승리의 기쁨을 만끽하기도 전에 나는 그동안 느껴보지 못한 이상한 기분에 사로잡혔다. 선거가 끝나면 으레 찾아오는 허탈감이나 피로감과는 확연히 다른 느낌이었다. 한 번도 의심해본 적 없던 이상과 신념, 굳건했고 진심이었던 믿음, 일을 향한 뜨거웠던 열정, 간절했기에 누구보다 성실했던 태도. 그것들은 크게는 나에게 '공명'이었고, 작게는 '경력'이었으며, 더 작게는 일을 하고 싶다는 소소한 '열망'이었다. 그런데 그 어떤 것도 의미가 없고 알 수 없는 회의감만이 밀려왔다. 나아가 내가 세상에 죄를 짓고 있다는 죄책감마저 들었다.

거짓말투성이였다. 모든 것이 거짓이거나 가짜였던 건 아니었으나 순결했던 처음 것들이 나도 모르는 사이에 오염되고 변질하고 부패해버렸다. 그것이 자의에 의한 것이었는지, 타의에 의한 것이었는지는 중요하지 않다. 중요한 것은 결과에 대한 책임이었고, 그 책임만은 온전히 내 것임을 부정할 수가 없었다.

"내가 왜 너를 좋아하는지 알아? 여자 티를 안 내서야."
"역시! 근성 하나는 알아준다!"
"그렇게 안 생겼는데 싸움닭 기질이 있다니까."

내가 아직도 기억하는 선배들의 칭찬이다. 칭찬이라는 것만으로도 흡족했지만 사실 나는 칭찬의 포인트가 마음에 들었다. "잘했어!"라거나 "가르친 보람이 있네."라는 들어도 잊어버릴 법한 포괄적인 표현이 아니라 내 강점이 무엇인지를 정확히 집어내는 칭찬들. 선배들의 칭찬이 진심이었다는 것을 나는 잘 안다. 그것은 전적으로 나를 격려하고 도와주기 위한 선의의 말들이었다.

칭찬을 독으로 만든 건 순전히 나 자신이었다. 가만히 지난 시간을 반추해보았다. 그런 칭찬을 듣기까지 나는 어떻게 살았나.

• 나는 정의롭다는 인상을 주기 위해 부단히 애썼다.
• 내 안의 여성성을 죽이고 공격성을 극대화했다.
• 더 많은 일을 맡겨주기를 바라면서 몸이 부서지는 걸 등

한시했다.

- 선배들의 인정을 쫓아 그들의 잘못을 비판하려 들지 않았다.
- 우리는 선, 상대는 악으로 규정짓기를 일상화했다.
- 우리의 선을 몰라주는 사람들 역시 무지하거나 악의 공범으로 동일시하기를 주저하지 않았다.
- 공보라는 일의 성격상 언론이 받아줄 말, 즉 좀 더 거칠고 좀 더 선정적이고 좀 더 자극적인 말을 찾아내고 사용하는 것을 능력이라 여겼다.
- 내가 쓴 글과 말에 상대편이 타격받을 때 성취감과 희열을 느꼈다.

그저 몇 가지를 떠올렸을 뿐인데도 나라는 사람이 참으로 끔찍했다. 처음부터 칭찬을 받기 위해 일한 것은 아니었다 해도 어느 순간 나는 '파블로브의 개'가 되어 있었던 것이다. 좀 더 거칠고 좀 더 선정적이고 좀 더 자극적인 말들을 찾아 사용하는 동안, 남의 눈에 눈물이 고이기도 전에 나에게도 내상이 생기고 있었던 것이다. 독화살을 만든다면서 정작 독은 나에게 묻힌 셈이다. 글과 말로 준 상처는 쉽게 지워지지 않는 상처란 걸 알면서도 나는 자주 남발했다. 그게 아무리 사심 없는 비즈니

스라 해도 말이다. 겨우 메뚜기 일꾼인 주제에.

이 일을 하는 모든 사람이 그렇게 사는 것은 아니다. 나는 나를 탓한다. 능력을 키워보겠다고, 그리하여 기어이 인정을 받아보겠다고 내가 나를 그렇게 굴렸다. 나를 죽인 것은 그 누구도 아닌 나였다.

나는 일을 그만두었다. 더 이상 그 일을 하며 나를 망가뜨릴 수는 없었다. 내가 나를 죽였지만 나를 살릴 수 있는 사람도 역시 나뿐이었다. 역설적이게도 나는 또 한 번 나를 죽여야 했다. 지금까지가 과실치사였다면 이번엔 명백한 계획범행이었다. 내 여성성, 심신의 건강, 선도 악도 아닌 본연의 인간성을 되찾기 위해 반드시 필요한.

인정욕구라는 것이 무엇인가. 공명을 외치며 전장의 선두에 나서는, 신념을 무기 삼고 글과 말이라는 병법까지 갖춘 훌륭한 파이터? 참 길기도 하다. 번지르르하니 그럴듯해 보인다. 그러나 속은 단순하다. '성공하고 싶어.'

나는 왜 성공하고 싶었나. 성공은 누구나 꿈꾸는 것일지도 모르고 성공이 나쁜 것도 아닌데 나는 어째서 성공해야 하는 이유를 성공 그 자체보다 가벼이 여겼나. 대체 성공이 무엇이기에.

성공이 뭔지, 성공해야 하는 이유가 뭔지를 찾기 어려운 것은 역으로 일상의 삶을 정확히 몰랐기 때문일 수 있다. 평범함을 규정하지 못했다는 얘기다. 다시 말해 나에게 내 자아는 공적公的 자아, 사회적 자아였을 뿐 그냥 나 자신의 삶, 어느 누구의 삶이 아닌 나만이 살 수 있고 나만이 살아내야 하는 삶에 대한 자각과 그런 자각으로 인해 형성되는 사적私的 자아가 없었다. 일과 직업으로는 나를 규정할 수 있었지만 다른 무엇으로는 나를 어떻게 규정해야 할지 생각해본 적이 없었던 것이다. 어리석게도 나는 빈껍데기로 살아왔더랬다.

그런 나를 구원해준 것이 다름 아닌 영화였다. 나는 정말 광적으로 영화를 봤다. 영화를 보면서 참으로 많이 울고 웃었다. 그 울음과 웃음이 내 안의 불순물을 빠지게 해준 해독제였다. 내가 알지 못했던 '일상'이라는 삶의 모습들, '평범함'이라는 의미가 다 영화 안에 있었다. 그것들은 다 내 삶의 모습이었고 내 가족, 내 이웃의 인생이었는데 내가 그 세상을 몰랐다고 하는 것은 어쩌면 정말 몰랐던 게 아니라 눈뜬장님으로 살았다는 의미였다. 또한 그것은 내 속에 평범함을 거부하는 욕망 아니, 오만함이 있었다는 이야기다. 그래, 진실로 오만함이야말로 눈을 가리고 귀를 막으며 모든 정상적인 기능을 마비시키는, 몽테뉴의 지적대로 '모든 죄악의 근원'이다.

영화를 만난 후 나는 그 이전과는 질적으로 다른 인생을 살아가고 있다. 비록 보잘것없고 변변치 않은 삶이지만 나는 내 일상의 소중함을 알고 드러나지 않음의 미학을 느끼며 살고 있다. 《내가 정말 알아야 할 모든 것은 유치원에서 배웠다》라는 책의 제목처럼 삶의 중요한 가치들은 범속한 우리들 안에, 이미 다 있었다.

화무십일홍,
길어야 권불5년

Montaigne's essai ∞∞∞∞∞∞∞∞∞∞

평범한 사람들은 관직에 있는 자들보다 더 힘들고 고매한 도덕을 섬기며 산다고 아리스토텔레스는 말한다. 우리는 양심을 지키기 위해서가 아니라 명예욕으로 영예로운 자리에 올라가려 한다. 영광에 도달하는 가장 가까운 길은 우리가 영광을 위해서 하는 일을 양심으로 하는 데 있을 것이다. 누가 '당신은 무엇을 할 수 있는가?' 하고 물어보면 알렉산드로스는 '세상을 정복하는 일'이라고 대답할 것이다. 그러나 소크라데스에게 물어 보면 그는 '타고난 조건에 맞게 인생을 살아가기'라고 대답할 것이다. (소크라테스처럼) 정신의 가치는 높이 올라가는 데 있지 않고, 질서 있게 살아가는 데 있다.

정신의 위대함은 위대함 속에서 찾아지는 것이 아니라 일상생활에서 찾아지는 것이다. 우리의 마음속을 들여다보고 판단하는 자들은 우리의 공적公的 행동의 빛을 대단한 것으로 여기지 않는다. 오히려 흙탕물에서 튀어 오른, 실낱같이 가느다란 물줄기의 광채와도 같이 어쭙잖은 것으로 본다.

야심가들이 하는 말투로, 우리는 개인을 위해서 세상에 나온 것이 아니라, 공공을 위해서 나왔다고 하는 저 훌륭한 말투는 과감하게 흘려듣자. 우리 시대에 사람들이 나쁜 방법을 써 가며 제 앞길을 가는 것을 보면, 그 목적에 공공의 가치가 없다는 것이 충분히 드러난다.

권세가들의 좋은 소질은 소멸하고 상실되었다. 왜냐하면 이런 소질들은 비교에 의해서만 느껴지기 때문이다. 그런데 그들은 이 비교에서 제외되어 있다. 그들은 계속해서 틀에 박힌 칭찬을 싫증 나도록 들었기 때문에, 진실한 칭찬의 맛을 거의 알지 못한다.

가정 하나를 보살피는 것과 국가를 다스리는 것 사이에는 고초가 더할 것도 덜한 것도 없다. 어디에 마음이 매여 있건, 사람은 거기에 전부 매인다. 그리고 설사 가정일이 덜 중요하다고 해도 귀찮기가 덜한 것은 없다. 그뿐더러 궁전이나 장사 일에서 풀려나왔다해도, 인생의 고초에서 풀려나온 것은 아니다.

"조국에 대한 의무는 다른 모든 의무를 불식시키는 것이 아니며, 부모에게 효성스러운 시민을 갖는 것은 조국의 이익으로 돌아온다." (키케로)

이것은 이 시대에 맞는 교훈이다. 칼날을 가지고 우리의 용기를 강화해도 소용이 없다. 우리의 어깨가 단단하면 그만이다. 우리의 펜대를 잉크에 적시면 그만이고, 피에 적실 것까지는 없다.

왕관은 태양이나 비를 가려 주지 않는다. 디오클레티아누스는 존경과 숭배를 받고 행운이 있는 왕관을 쓰고 있다가, 개인 생활의 재미를 보려고 황제의 직위를 내던지고 물러 나왔다. 얼마 뒤에 국가 사무의 필요로 그에게 다시 직책을 맡아 달라고 요청하자, 그는 간청하는 자들을 보고 "당신들이 내가 집에 심어놓은 예쁘게 정리된 나무들과 내가 가꾼 듬직한 수박들을 보았더라면, 그렇게 나를 설복하려고 들지 않았을 것이오."라고 대답했다.

내가 몽테뉴의 글에 빠졌던 이유는 그의 지향이 내가 추구하는 바와 같기도 했거니와 그가 공직 경험을 통해서 했던 생각, 느꼈던 감정에 동감하는 지점들이 많았기 때문이다. 몽테뉴는 무려 5세기 전인 16세기 사람이고 심지어 그는 법관, 시장직을 수행했던 지체 높은 사람이었는데도 말이다. 시대도 지위도 다른 사람의 글에서 지금과 별 차이 없는, 어쩌면 똑같은 시대적 고민을 읽을 수 있었던 이유는 인간의 욕망만큼 변하지 않는 것도 없기 때문이다. 역사가 반복되는 이유, 진리가 시공간을 관통하는 이유를 나는 '인간의 욕망이 늘 같은 형태와 색깔을 띠기 때문'으로 본다.

이미 밝혔듯 나는 정치권에서 일을 했다. 의사 결정권이나 인사권 등 소위 권력을 가져본 적이 없는 단순 실무자에 불과했지만, 권력의 속성이나 권력을 향한 인간의 욕망을 이해하고 통찰하는 데는 부족함이 없었다. 그것들에 대한 내 나름의 기준이 없었다면 앞서의 내 고민이나 자성, 전환은 불가했을 것이다.

나 자신에게뿐만 아니라 정치권 선배들에게 느낀 안타까움은 그들에게서 자아가 느껴지지 않는다는 점이었다. 자아를 형성시켜주는 조건들을 무시하고 잘 가꾸지 않는 탓이었다. 비단 정치권만의 문제는 아니겠으나 그들은 '나랏일'을 한다는 명분으로 자기 자신, 가정과 우정, 그리고 그들의 드러나지 않는 삶들이 건강할 수 있도록 빛과 물을 제공하는 데 소홀했다. 몽테뉴가 모든 공직에서 물러나 야인으로의 삶을 살며《에세》에 집중했던 이유는 아버지의 영향이 컸는데, 그가 아버지를 두고 "시장직을 수행하는 동안 건강을 잃었고, 단란한 가정 분위기를 잊었으며, 나는 그의 전철을 밟을까 두렵다."고 한 마음이 꼭 선배들을 보며 내가 느낀 마음이었다.

그들은 자신 때문에 겪는 가족의 불편과 희생을 당연시 하고, 때로는 그런 자신들의 모습을 과시했다. 그게 멋있는 줄 아는 것이다. 개인의 삶을 강조하면 대의를 모르는 사람으로 취급하거나 지질한 루저로 하대했다. 그들의 입에서는 늘 '국가와 민족의 명운'이 튀어나왔다. 그러나 내 눈에 보이는 그들의 모습은 시대적 담론을 고민하느라 열일하는 나라의 파수꾼이라기보다 어떻게 하면 좋은 계보에 속해 공천을 받을까, 어떤 말과 행동으로 표를 더 받을까를 고민하는 사람이었다.

16세기 권세가들과 그것을 쫓는 사람들을 보며 비판했던 몽테뉴의 말에 가감할 것도 없이 한 때 내가 그랬고 내가 보아왔던 사람들이 여전히 그러하다는 사실이 너무 슬프다. 그것이 권력의 속성이고 본질이라지만 어째서 인간은 더 성숙해지지를 못하는지, 후대는 왜 선대로부터 배우지를 못하는지 답답할 뿐이다. 개인적으로 나를 더 절망케 했던 것은 원래 별로였던 사람이 더 별로가 되는 것보다 괜찮았던 사람이 나쁘게 변하는 것이었다. 안타깝게도 소위 '배지' 달고 변하지 않은 사람을 지금껏 단 한 명도 보지 못했는데, 그것은 내가 까다로운 사람이어서가 아니다. 가끔 "저 선배도 변했네?"라고 실망하면 주변 사람들이 한심하다는 표정으로 이런 반응을 내놓았다. "기대했었어?"

변해버린 사람들의 공통점은 시간이 지나면 그들 주변에 이른바 '딸랑이'들만 남는다는 것이다. 몽테뉴의 말처럼 진실한 칭찬의 맛을 알지 못하게 된 상태가 된 것이다. 이 글을 보고 내 말에 억울하다고 느끼는 선배가 많았으면 좋겠다. 날 욕하고 비난해도 좋은데 그전에 한 번만 자문해주길 바란다. 자기 옆에 쓴소리를 하는 사람이 있긴 한가? 있다면 누구인지 구체적으로 떠올려보길, 여유가 된다면 몇 명인지도.

몽테뉴는 간절히 이야기한다. 그 무엇보다 '나'로 잘 사는 것이 중요하다고. 가정을 보살피는 일이 국가를 다스리는 것과 다르지 않다고 말하는 것은, 두 가지 모두 중요하고 소중하다고 말하는 것이기도 하지만 사실은 전자를 더 강조하는 말이라고 봐야 한다. 그가 알렉산드로스와 소크라테스를 비교하며 "세상을 정복하는 일"보다 "타고난 대로 인생을 살아가는 것"에 무게를 신는 것을 보면 그렇다.

몽테뉴를 만나기 한참 전이었지만 나 역시 온전한 나만의 삶이 중요하다는 것을 깨달았기에 몽테뉴의 힘을 빌려 사람들에게 말해주고 싶다. 사적 자아를 정성스레 보살피라고 말이다. 사적 자아가 강한 자들은 평범함과 범속함 속에 삶의 진리와 변치 않는 가치가 있다는 것을 안다. 다시 말해 지체 높은 사람들 속에서, 혹은 특정한 곳에서 그것들을 찾으려 하지 않는다는 말이다.

더 중요한 것은 그들은 드러나지 않는 자신의 삶 속에 진리와 가치를 녹여낼 줄 안다는 것이다. 공적 자아는 언제든 업무와 지위에 따라 변할 수 있고, 나이가 들면서는 크기가 줄어들 수 있으며, 은퇴 후에는 아예 사라질 수도 있다. 공적 자아로만 살아가던 사람은 어느 순간 공적 자아가 소멸해갈 때 자아를 완전히 잃을지도 모른다. 그러나 사적 자아가 강한 자들은 공적 자아가 없어져도 변함없이 잘 살아갈 줄 안다. 사적 자아는 공적 자아를 받쳐줄 기둥이 되지만, 그 반대는 적용되지 않는다.

그렇다고 모든 권력을 멀리하고 피하라는 말이 아니다. 정치는 꼭 필요한 일이고 누군가는 정치인이 되어야 한다. 내가 말하고 싶은 것은 정치인이라고 해서 반드시 공직자로만 살아가길 요구해서도 안 되고 그렇게 살아가서도 안 된다는 것이다.

보이는 것, 들리는 것이 전부가 아니다. 거듭 말하지만 사적 자아가 강한 사람은 절대 공적 자아가 흔들리지 않는다. 오히려 공적 자아가 온당하게 발현되며 공적 자아로만 자신을 규정하는 일이 없기에 그것에 집착하지 않는다. 디오클레티아누스처럼 말이다. 나는 권력의 어느 지점에서든 디오클레티아누스처럼 말할 수 있는 사람이 많아지길 바란다.

모든 일 중에
가장 위대한 일

Montaigne's essai ∞∞∞∞∞∞∞∞∞

　사람들은 자기를 세₩로 내놓는다. 그들의 재능은 자기들의 것이
아니라 섬기는 사람들을 위한 것이다.

　나는 내가 곤궁한 때 나를 맡길 가장 안전한 곳은 나 자신이라는
것을 알았다. 모든 일에서 자신을 무장할 줄 안다면, 그것만이 확실
하고 강력한 것인데, 사람들은 쉬운 길을 택한답시고 남의 힘에 의
지하며 몸을 던진다.

야심에는 얼마나 졸장부 같은 비굴함이 있는가. 사람들이 낮고 추한 노예근성을 가지고 야심의 목표에 도달하는 것을 보면 재미가 난다. 그러나 마음이 온후하고 정의를 지킬 수 있는 사람들이 이 혼란(프랑스 내전)에 처해서 사람을 지휘하고 일을 처리해나가다가 날마다 타락해가는 꼴을 보는 것은 못내 불쾌한 일이다. 오래 겪다 보면 그것이 습관이 되고, 습관이 되면 무의식적으로 그릇된 일들을 모방하게 된다.

우리의 소유와 필요를 확대해가면 갈수록 그만큼 더 운과 역경의 타격에 부닥친다. 욕망의 길은 한계를 지어 제한되어야 한다. 또 이 욕망의 길은 끝이 딴 데로 가는 직선을 이룰 것이 아니고, 두 점이 한 곳에서 끝맺어 합쳐지는 한 원을 그리되 좁은 원주를 이루어야 한다. 많은 부류의 사람들이 직선으로 줄곧 그들 앞만 보고 내달리는 것은 그릇된 병적인 행동들이다.

가장 좋은 직무는 강제가 가장 적은 직무이다. 소크라테스가 입버릇처럼 말하던 '자기 힘에 맞게'라는 말은 대단히 알찬 말이다. 우리 욕망을 가장 쉽고 가까운 것으로 설정하여 거기에 멈추게 해야 한다.

시장市長 몽테뉴와 인간 몽테뉴는 언제나 명백히 구별된 두 가지 존재였다.

나는 나 자신에게서 손톱 넓이만큼도 벗어나지 않고 공무를 맡아보며, 나 자신을 잃지 않고 일을 돌보았다. 일하려는 욕망이 거칠고 맹렬하면 맡은 일을 수행하는 데 이익보다 도리어 장애를 주며, 사건이 마음대로 되지 않거나 늦어지면 마음에 조바심만 일어나고, 상대에게 불쾌감을 주거나 의심만 하게 한다. 일에 잡혀서 끌려가다가는 결코 그 일을 잘 처리하지 못한다.

일에는 실수할 기회가 너무 많은 까닭에 가장 확실한 길은 세상을 좀 가볍게 피상적으로 흘려보내야 하는 것이다. 그것은 미끄러져 가게 두어야 할 것이지 처박히게 해서는 안 된다. 탐락까지도 깊이 빠져들면 고통스럽다.

인생을 즐기는 데는 그 법이 있다. 나는 다른 사람들 갑절의 인생을 즐긴다. 내 남은 인생이 그리 길게 남지 않은 지금, 나는 생명을 정력 있게 사용함으로써 빠르게 흘러가는 것을 보충하며, 인생을 더 심오하고 충만하게 만들어야 하겠다. 시간을 아끼자. 우리에게는 아직도 한가롭고 잘못 사용되는 시간이 너무 많다.

"저 사람은 그의 일생을 성공적으로 보냈지. 나는 오늘날까지 아무것도 한 일이 없네."라고 말하는 사람들은 대단한 바보들이다.

"뭐? 당신은 살아보지 않았단 말이오? 그것은 당신의 일 중에 기본적일 뿐 아니라, 가장 훌륭한 일이오."

"(그렇다고 해도) 사람들이 내게 중대한 일을 맡겼다면, 나는 내가 할 수 있는 능력을 보여주었을 것이오."

"당신은 당신의 인생을 생각해서 조종control할 줄 알았던 것 아니오? (그러니) 당신은 모든 일 중에 가장 위대한 일을 수행한 것이오."

❊❊❊❊❊❊❊❊❊❊❊❊❊❊❊❊❊❊❊❊❊❊❊❊

한 사람의 꿈이 야심과 동의어가 될 때 그 꿈은 사람을 망가뜨리기 십상이다. 나는 몽테뉴의 글을 통해 처음으로 욕망의 형상이 어떤 모습이어야 하는지를 알게 되었다. '한 원을 그리되 좁은 원주일 것'. 몽테뉴가 강조하는 것은 두 가지다. 돌고 돌아 결국 처음의 자리로 돌아오는 원의 형태일 것, 그리고 되도록 좁은 원일 것. 원은 각도가 없다. 각도가 생기지 않으려면 지속해서 방향을 틀어야 한다. 매 순간 자신을 경계하라는 의미일 게다. 처음의 자리로 돌아온다는 것은 초심을 잃지 말라는 뜻이고, 좁은 원을 강조한 것은 원심력이 커지지 않게 하려는 목적일 것이다. 몽테뉴가 이렇게 욕망의 형상을 구체적으로 그려주는 데는 욕망이 끝도 없이 야심으로 변하는 것을 잘 알기 때문이다. 직선으로 치닫는 그 야심 말이다.

야심이 사람을 망가뜨리는 이유는 바로 그 근저에 비굴함과 노예근성이 있기 때문이다. 그런데 나는 여기에 한 가지를 더 추가하고 싶다. 야심이 큰 사람들은 강한 자에게 비굴함과 노예근성을 내보이는 만큼이나 약한 자들을 향해 갑질을 일삼는다. "지배자와 복종자가 서로의 시기심과 경쟁의식으로 끊임없이 약탈하는" 꼴이 딱 그런 모양새다. 야심가들은 그 이중성이 성공의 처세인 줄 착각한다.

야심은 가진 게 많다. 보이는 것으로 비굴함과 노예근성, 갑질이 있다면 보이지 않는 것으로는 조급함과 비교의식이 있다. 다행히 나는 보이는 것들로부터 나를 망가뜨리진 않았지만, 보이지 않는 것들로부터는 나 자신을 크게 파괴한 적이 있다.

나는 언제나 쫓기듯 살았다. 특히 20대에 그랬다. 아버지의 부재와 가난으로 20대의 상당 부분을 기계처럼 살았다. 대학의 낭만 따위는 나에게 '해당 없음'이었다. 등록금을 번납시고 휴학을 한다는 것은 상상할 수도 없었다. 빨리 졸업해 취업하는 길만이 나와 내 가족이 살 길이었다. 아르바이트 하는 와중에 성적 장학금을 받기 위한 공부도 게을리하지 않았다. 4년 내내 단 한 번도 장학금을 놓치지 않았다. 급기야 4학년 때 쓰러져 의사로부터 "이렇게 살면 죽어요." 소리를 들으면서도 나는 그렇게 살지 않으면 안 됐다.

4년을 그렇게 버텼던 건 생계에 대한 절박함뿐만 아니라 성공하고 싶다는 집념이 나를 지탱해주었기 때문이다. 나는 누구나 부러워하는 그럴듯한 위치에 가고 싶었다. 나아가 그 위치에 '빨리' 가고 싶었다. 그것만이 내 고생에 대한 보상이 될 것이라고 여겼다. 다른 사람들보다 비교우위에 서야 한다는 욕심과 조급함이 나를 지치게 한다는 사실을 모르지는 않았지만 가엾게도 나는 쉬지 않고 나를 채찍질했다. 조금만 더 가면 행복할 수 있을 거야, 내가 원하는 것을 손에 쥐는 순간 내 모든 고통은 사라질 거야, 하는 부질없는 희망 고문을 해대면서.

미래를 사는 자는 불행하다고 했다. 꿈꾸는 허상의 세계가 휘황찬란할수록 현재는 더 후지게 보이니까. 정말이지 내 20대는 불행 그 자체였다.

몽테뉴는 37세라는 이른 나이에 은퇴해 야심을 등지고 살았다. 2, 30대 젊은 시절에 법관으로 재직하면서 세속적인 출세를 지향한 적이 있었지만 그것은 순전히 자신이 이성의 통제를 등한시했기 때문이라고 고백하는 몽테뉴의 자기성찰은 대단해 보인다. 물론 주변인들의 죽음과 자신의 낙마 사고가 출세를 포함한 모든 세속적 가치를 공허하게 만든 큰 요인이었겠지만 인생에 있어 무엇이 중요한지, 어떤 방향으로 가야 하는지, 어떤 의미로 채워야 하는지에 대한 그의 자기성찰이 없었다면 《에세》는 쓰이지 못했을 것이고 지금까지 사랑받지도 못했을 것이다.

몽테뉴가 48세 되던 1581년, 그는 보르도 시의원들에 의해 시장에 선출되어 공직으로 다시 복귀한다. 정치적 욕망이 없던 몽테뉴는 시장으로 선출된 뒤 무려 3개월이나 고민에 고민을 거듭한다. 본인이 앓고 있는 담석증도 문제였지만, 시장직을 수행하며 몸과 마음이 피폐해져 갔던 아버지의 전철을 밟는 것이 두려웠기 때문이다. 천성이 위대하고 온화한 아버지가 가정에 소홀해지고 건강까지 악화되어 생명을 잃을 뻔했다면서 '개인의 사정이 공사公事보다 앞서서는 안 된다'라는 세상의 이치에 동의할 수 없다고 말한다.

주목할 것은 그랬던 그가 시장이 된 이후 어떤 자세로 일을 대했는가 하는 점이다. 시장 몽테뉴와 개인 몽테뉴를 철저히 분리해 공사는 가볍게 미끄러지듯 흘려보내고, 인생을 즐기는 것에 소홀하지 않았다는 그의 고백은 우리에게 시사하는 바가 크다. 그런 식으로 일을 했으면 분명 많은 일에 실패하고 사람들에게 비판받았을 것이라 짐작하기 쉽지만 결과는 그 반대였다.

몽테뉴는 시장직에 재선되어 4년이나 보르도시를 이끌었다. 재선은 몽테뉴 이전에 단 두 번밖에 없던 매우 드문 경우였다. 첫 번째 선출이 몽테뉴 자신보다 아버지의 공적과 명성으로 이루어진 것이었다 해도 재선된 두 번째 시장직은 전적으로 그의 공이라고 봐야 할 것이다.* 또한 프랑스 내전은 몽테뉴의 첫 번째 시장 임기 시작 1년 전인 1580년부터 잠시 중단된 상황이었는데, 그 이후 1585년까지 4년이나 더 평화기가 유지됐던 것은 몽테뉴가 기대만큼 훌륭하게 시장 직무를 수행했다는 것을 방증하는 일이다.

소크라테스가 '자기 힘에 맞게'라고 말한 것을 몽테뉴는 그대로 실천했다. 사실 이보다 더 힘든 것이 신영복 선생님이《강의》라는 책을 통해 말씀하신 '70%의 자리'인데 몽테뉴는 이마저도 부합되는 사람인 것 같다. 70%의 자리란 자신의 능력이 100이면 70 정도의 자리에 있는 것이 좋다는 가르침이다. 그 반대의 경우, 즉 70의 능력을 갖춘 사람이 100을 요구하는 자리에 있으면 결국 사람도 망가지고 일도 그르치게 된다는 것이다. 자기 분수를 알기도 어려운 일이지만, 개인적 욕심이 아닌 공익과 사명감만으로 일을 한다는 것은 더욱더 어려운 일이 아니겠는가. 탐욕이 판치는 이 시대에 그것은 거의 불가능한 일인 것 같고, 16세기라고 하여 지금보다 녹록했을 리 만무하다.

70까지는 바라지도 않지만 가끔 내 능력에 맞고 내 분수에

---

*   사라 베이크웰,《어떻게 살 것인가》, 김유신 옮김, 책읽는수요일, 360p

합당하게 나를 찾아주는 곳 하나 없구나, 싶을 때면 내 인생이 그렇게 초라할 수가 없다. 열심히 산다고 살았고, 정신무장을 단단히 하며 살고 있다고 생각했는데 내 정신은 그렇게 자주 느슨해지곤 하는 것이다. 그 정신무장이라고 하는 것, '내려놓음'의 지향이 자신을 위안하기 위한 자기합리화나 허울만 좋은 강박일지도 모르겠다고 생각하면 또 끝없이 우울해진다.

그런 나에게 몽테뉴의 말은 실로 벅찬 감격을 전해주었다.

"뭐? 당신은 살아보지 않았단 말이오? 그것은 당신의 일 중에 기본적일 뿐 아니라, 가장 훌륭한 일이오. 당신은 당신의 인생을 생각해서 조종할 줄을 알았던 것 아니오? (그러니) 당신은 모든 일 중에 가장 위대한 일을 수행한 것이오."

내가 《에세》 전체를 통틀어 가장 위안을 받았던 대목이 바로 이 부분이다. 이 말들로 평생을 살아갈 힘을 얻었다면 좀 과장일까. 그런데도 흔들릴 때마다 언제고 찾아보고 위로받을 것 같다. 몽테뉴에게 고마운 것은 이렇게나 미미한 내 인생도 가치 있다고, 잘살고 있다고, 훌륭하다고 진심으로 말해주고 있어서다. 그래, 나 잘살고 있는 거다. 내 인생, 내세울 것은 없지만 그래도 부끄럽지는 않으니 그럼 됐지, 뭐!

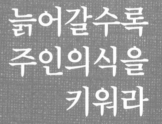

4장

늙어갈수록
주인의식을
키워라

넓이가 아닌 깊이

Montaigne's essai ∞∞∞∞∞∞∞∞∞∞

내 생각으로는 안티스테네스가 말하던 바와 같이, 인간의 행복은 행복하게 죽는 것이 아니라 행복하게 사는 것이라고 본다.

내가 처음부터 다시 살게 된다면, 나는 전에 살아본 대로 살아보겠다. 나는 과거를 돌아보며 슬퍼하지 않고, 미래를 생각해서 두려워하지 않는다.

나는 내 계절의 풀과 꽃과 열매를 보았다. 그리고 지금은 그 말라가는 것을 본다. 그것은 자연스럽게 되어온 노릇이니 다행한 일이다. 나의 질병들은 모두 제철에 왔으며, 그것들은 지난날의 행복을 더 쉽게 회상시키는 만큼, 나는 이 불행들을 더 수월하게 참아 넘긴다.

마음은 일정한 목표가 없으면 갈피를 잡지 못한다. 왜냐하면 사람들의 말처럼, 사방에 있다는 것은 아무 곳에도 있지 않다는 것과 같기 때문이다.

내 한가함이 하고많은 헛생각을 질서도 목적도 없이 계속 만들어내, 그 허망하고 괴상한 꼴을 나는 실컷 관찰하기로 하고, 또 때가 지나면 이런 일이 있었다는 것에 마음이 부끄러워지도록 나는 나에 대해 기록하기 시작했다.

세상은 영원한 움직임에 불과하다. 항상 변하지 않는 것도 실은 더 느린 흔들림일 뿐이다. 나는 내 대상, 즉 나에 대해 잘 알지 못한다. 나는 한 연대에서 다른 연대로, 매일 매 순간의 과정을 그린다. 내 이야기는 시간에 맞춰가야 한다. 나의 운명과 외향은 금세 변할 것이다. 나는 변해 가는 모든 것을 있는 그대로 기록해본다. 내가 다른 나 자신이 되든, 다른 시각으로 현상을 파악하게 되든 그냥 적어간다.

하여튼 나는 아마도 모순되는 말을 하는 것 같다. 그러나 나는 진실을 거꾸로 말하지는 않는다. 만일 내 정신이 굳게 자리를 잡을 수 있다면, 나는 《에세》를 시도하지 않고 결단을 내릴 것이다. 그러나 내 정신은 항상 수련하는 중이며, 교정받는 중이므로 그 과정을 낱낱이 기록하는 것이다.

내가 글을 쓰는 것은 내 몸짓이 아니다. 그것은 나다. 내 본질이다. 나는 자기를 평가함에는 신중해야 하며, 천하게 보여주든 고상하게 보여주든 자기를 보여줌에는 양심적이라야 한다고 생각한다.

확실하게 은퇴할 자리를 잡는 것은 가벼운 시도가 아니다. 은퇴해보면 다른 일에 참견 안 해도 할 일이 상당히 많이 생긴다. 무엇보다 자신 외에는 위하지 말 일이다. 세상에서 가장 중요한 일은 자기 자신으로 있을 줄 아는 일이다.

이제는 사회에 보태줄 거리도 없으니 우리가 사회에서 물러날 때가 왔다. 우정으로 하는 봉사와 직업으로서 하는 일을 자기 자신에게 쏟아 넣고, 그것들을 뒤섞을 수 있는 자는 그렇게 할 일이다. 자기를 다른 사람들에게 쓸모없고 걷어차이는 존재가 되게 하는 이 보잘것없음에서, 자기 자신에게도 걷어차이며 둔중하고 쓸모없는 존재가 되지 말게 하라. 자기를 추어올리며 애무해주라. 자기 이상과 양심을 존경하고 두려워하며, 그것들 앞에 잘못하면 면목이 없다고 생각하고, 무엇보다도 자기를 다스려라.

"사실 자신을 충분히 존중하는 것은 희귀한 일이다."(퀸틸리아누스)

어느덧 40대 중반이 되었다. 나의 나이와 늙음의 관계를 어떻게 표현하면 좋을까. 늙지도 젊지도 않은 어중간한 나이라 딱히 떠오르는 표현이 없다. '늙어가는 중'이 그나마 맞겠는데 따지고 보면 모든 생명체는 태어난 순간부터 조금씩 늙어가는 중이니까 그것도 그 둘의 상관관계를 설명하는 말로 적확하지는 않다.

앞자리가 4로 바뀌기 얼마 전에 대학 동창 몇몇이 은사님을 찾아뵌 적이 있다. 누군가 덕담을 부탁드렸더니 이런 말씀을 해주셨다.

"자네들, 새해 아침에 수저부터 바꾸게."

이유를 짐작하기 어려운 말씀에 다들 어리둥절해 있으니 미소를 띠시며 설명해주셨다. 마음이야 여전히 20대 못지않겠지만 몸은 점점 그렇지 않을 테니 매 끼니 식사할 때마다 바뀐 수저를 보며 '아, 내가 늙어가고 있구나.' 하는 사실을 상기하라는 뜻이라셨다. 듣고 보니 딱 맞는 말씀이었다. 우리의 몸과 마음은 조금씩 물과 기름처럼 따로 놀 것이 분명했다. 신경 써서 육체의 건강을 챙겨야 할 나이에 진입했음을 하루에 세 번 자신에게 일러야 할 나이. 그게 은사님께서 알려주신 나이 40의 의미였다.

사실 그 말씀을 듣기 이전부터 나는 내 육체의 쇠약을 여성성의 사라짐으로 조금씩 느끼고 있는 터였다. 30대 중반이 넘어가면서 검진을 위해 산부인과에 갈 때마다 의사는 월경 양이 주는 이유를 '늙어감의 결과'로 설명하곤 했다. 내가 비교적 일찍 아이를 출산했기에 내 아이들의 친구 엄마는 대부분 나보다 나이가 많은데 1~2년 전부터 이 언니들에게 갱년기가 시작되었다. 불면증, 급격한 체온변화, 홍조, 오십견 등 곧 나에게 닥칠 모습을 언니들을 보며 열심히 예습하는 중이다. 이전까지 나에게 죽음은 그저 인간으로서의 죽음일 뿐이었지만, 자세히 들여다보면 그 이전에 여성으로서의 죽음이 먼저 예정돼 있었다.

앞서 말한 갱년기 증상은 육체의 증상이고 심리적 증상은 또 별개다. 소위 '빈집 증후군'이라 불리는 갱년기 여성의 우울증은 이미 심각한 사회적 문제로 여러 차례 언론에 조명되었다. 사춘기를 지나는 학생들이라 얼마간은 더 내 품에 있을 아이들이지만 곧 본인의 앞가림을 위해 떠날 준비를 할 테고, 살결을 비비던 아이들의 살냄새가 그리워질 어느 날을 떠올리면 지금도 내 심장은 쿵 내려앉는다. 아이들을 세상에 내보낼 준비, 마음의 빈자리를 채울 무언가를 찾아놓지 않으면 안 된다는 조급함이 함께 밀려온다. 경제적 자립은 말할 것도 없다.

언제나 죽음을 대비하며 살아야 한다는 내 인생관과의 조화를 위해서도 '늙어감의 미학'은 나에게 절실한 문제다. 크게 보면 늙는 것은 그저 살아가는 과정이고, 잘 늙는 것 역시 잘 살아가는 과정일 뿐이다. 그런데도 굳이 우리가 시대를 초월해가며 잘 늙어감을 고찰하는 이유는 아마도 그 과정이 슬픔을 동반하기 때문이 아닐까 싶다. 허무함, 무상으로 대변되는 그 슬픔을 조금이라도 줄여보고 싶은 무력한 인간의 몸부림으로 이해한다. 만발한 꽃을 보고 있으면서도 곧 시들고 떨어질 꽃잎을 떠올리는 게, 소멸이란 운명을 함께 하는 생명체의 동병상련이 아니고 무엇이랴. 깊은 연민을 품어야만 비로소 아름다움이 보일 게다.

"내가 처음부터 다시 살게 된다면, 나는 전에 살아본 대로 살아보겠다."라고 말한 몽테뉴의 말을 들었을 때 참으로 부러운 마음이 들었다. 어떻게 살면 노년에 이렇게 말할 수 있을까, 이런 마음을 품을 수 있는 노년은 얼마나 행복할까 싶다. 대부분의 사람은 반대로 말하지 않나. 다시 살게 된다면 지금과는 전혀 다른 삶을 살겠다고. 마치 다시 살면 고통과 시련은 덜어내고 영광과 평안만이 가득한 삶을 살 수 있을 것처럼 지나간 자신의 생을 안타깝게 들여다보곤 하는 것이다.

몽테뉴라고 처음부터 이랬던 것은 아니다. 시대를 고려하더라도 몽테뉴는 37세라는 이른 나이에 은퇴를 결심했다. 매관

매직이 허용되던 당시에 숙부로부터 물려받은 법관직(몽테뉴의 아버지 피에르의 후임자였다고 말하는 사람도 있다.)에 13년 동안 봉직하다 돌연 은퇴하게 된 이유는 갑작스러운 남동생의 죽음과 죽음을 근접 체험케 한 낙마 사고의 영향이 크다. 죽음의 거울이 그를 새로운 존재로 부활하게 해 '사색과 자유의 삶'으로 이끈 것이다.

계기는 강렬했으나 계획에는 없던 은퇴였기에 그도 초반에는 새내기 은퇴자들이 흔히 그렇듯 정신적 방황을 호소했다. 무료함과 나태함, 우울감이 나타났고 쓸데없는 걱정이 늘어 마음을 어지럽혔다고 한다. 그런 그를 붙잡아준 것이 바로 글이었다.

몽테뉴가 은퇴 후 바로 《에세》를 집필한 것은 아니다. 은퇴 후 얼마간 그는 친구 라 보에티가 남긴 라틴어 시와 번역물을 편집하고 간행하는 데 온 신경을 쏟았다. 아마도 시간 여유가 생기면 가장 먼저 하고 싶었던 일이 아니었을까 싶다. 라 보에티의 죽음은 평생 몽테뉴를 슬프고 외롭게 만든 사건이었기에 그를 글에서나마 다시 만나는 일은 몽테뉴에게 큰 위로가 됐을 것이고 은퇴 후의 방황을 잡아주었을 것이다.

몽테뉴는 은퇴 2년 뒤부터 본격적으로 《에세》를 쓰기 시작했다. 집필의 목적이 한가함을 극복하고, 자신의 몽상을 자세히 들여다보아 나중에 그것으로 자신을 탓하기 위해서라는 것이 엉뚱하고 우습기까지 하다. 그러나 시작의 의도와는 달리 몽테뉴는 집필 과정을 통해 자신과 세상을 더욱 깊이 들여다보는 힘을 키우게 된다. 자기 생각, 느낌, 모든 자연현상, 사람들의 행동과 말, 숨겨진 심리 등 몽테뉴의 눈에 가볍거나 무의미한 것들은 없었다. 주의를 집중해 살펴볼수록 세상은 이해하는 것보다 훨씬 복잡하고 다양했다. 《에세》가 흥미로운 이유는 몽테뉴가 세상을 복잡하고 다양하다고 여기면서도 그 안에 담긴 진리는 단순하다고 깨닫게 되는 여정이 고스란히 담겨 있기 때문이다. 과거의 기록에 계속해서 내용을 추가하되 이전의 기록을 수정하지 않는 방식으로 기술하다 보니 독자로서는 혼란스러울 때가 있다. 때때로 내용이 모순되거나 이야기의 시작과 끝이 달라 갈피를 잡기 어렵지만 사고의 흐름만큼은 꽤 흥미롭다.

그는 자신의 변화를 달갑게 받아들였다. 직간접적인 경험이 늘어나면 사람은 변화해가기 마련이다. 특히 몽테뉴가 살았던 시대는 내전으로 인한 사회 격동기였음을 고려할 필요가 있다. "불확실성보다 더 확실한 것은 없고, 인간보다 더 가련하고 오만한 것은 없다."고 한 플리니우스의 말마따나 몽테뉴는 한 개인 안에서든 집단에서든 높은 수준의 지성과 짐승 같은 본능이 뒤섞여 있음을 자주 목격했다. 자신에게도 그러한 이중성, 다

중성의 모습이 있음을 부정하지 않고 그 모습을 드러내는 데 주저하지 않았다.

몽테뉴의 기록은 그가 얼마나 순간순간에 집중했는지를 보여준다. 인생의 속도를 따라잡으려면 집중의 속도를 높이는 수밖에 없다고 그가 여러 번 말한 대로다. 나는 젊은 시절엔 시야를 넓히고, 나이가 들어가면서는 깊이를 알아가는 것이 중요하다고 생각한다. 깊이를 알기 위해서는 몽테뉴처럼 자세히 관찰하는 태도, 모든 경험의 순간에 감탄하는 자세가 필요하다. 나태주 시인의 〈풀꽃〉처럼 자세히 보면 예쁨이 보이고, 예쁨이 보이면 감탄사가 절로 나온다. 오래 보면 사랑스럽고, 사랑이 짙어질수록 감탄사는 연발된다.

행복 지수는 감탄의 횟수와 정비례한다는 말을 나는 믿는다. 감탄은 잘 감동해야 나온다. 마음이 순수해야 가능한 일이다. 그래서 벤저민 버튼의 시간처럼 해가 바뀔수록 마음은 한 살씩 어려져 동심으로 되돌아갔으면 하고 바라게 된다. 비록 얼굴 주름은 늘지언정.

특정한 소속이 없는 현재의 내 상황을 경력단절이라고 해야 할지, 은퇴라고 해야 할지 잘 모르겠다. '사회적 효용성'의 가치로 보면 나는 꽤 쓸모가 없다. 말하자면 인풋 대비 아웃풋이 형편없다. 글을 쓰는 데 들이는 시간과 에너지는 웬만한 직장맘 못지않은데 버는 돈은 없고 경력이 될 만한 일도 아니기 때문이다. 그래서 가끔 사람들이 내게 묻는다. 왜 글을 쓰냐고.

"그나마 살아있다는 걸 느끼게 해주는 유일한 일이니까."

주부의 일이 하찮아서가 아니라, 엄마로서의 삶이 불만족스러워서가 아니라 단지 내가 그런 역할로만 살 것으로 생각해본 적이 없기 때문에 나는 내 영혼을 채워줄 무언가가 필요했다. 그 무언가는 주부의 일과 엄마로서의 삶에 '의미'를 채워주는 일이어야 했다. 그 역할들을 통해 내가 생각하는 것들, 느끼는 것들, 보고 듣는 것들을 나는 많이 음미하고 산다. 영화는 나의 음미가 주관적인 것으로만 그치지 않고 세상과 연결될 수 있도록 충분한 매개체가 되고 있다. 그 일련의 과정들이 나에게는 대단한 집중을 요하고, 집중할수록 나는 이 안에 있는 아름다움과 수많은 가치에 매료된다.

퀸틸리아누스의 말처럼 "자기 자신을 충분히 존중하는 일은 희귀한 일"일 정도로 쉬운 일은 아닌 것 같다. 어느 날 갑자기 나이가 들고 은퇴를 했다고 자동으로 자신을 더 사랑하게 되는 것은 아니니까 말이다. 오히려 지난날이 후회스럽고 자신이 부족한 사람처럼 느껴져 초라함에 움츠러들기 십상이다. 남으로부터 그런 대우를 받기 전에 자기 자신으로부터 먼저 하대당하기 일쑤다. 몽테뉴의 걱정이 바로 그것이다.

나 역시 그렇다. 내 또래 사람들과 만나면 늘 빠지지 않는 대화의 소재가 '노후대비'이고, 뭐니 뭐니 해도 경제적 대비가 가장 큰 걱정이다. 수명은 느는데 60대 초반, 빠르면 50대라는 한창나이에 은퇴를 하게 되니 포화 상태인 걸 알면서도 치킨집, 편의점을 떠올린다. "그만해. 머리만 아프고 답 없어."로 끝나는 대화에 실상 더 중요한 것은 말도 못 꺼낼 때가 많다. 무엇으로 그 많은 시간을 채우고 빈 가슴을 보듬을까 하는 문제 말이다.

돈 문제는 나도 모른다. 정말이지 머리만 아프고 답이 없으니 제쳐둔다. 그러나 그 고민을 제쳐둔다고 또 다른 중요한 것까지 놓치지는 말자고 말하고 싶다. 좀 더 젊고 건강할 때 부단히 고민하고 찾아야 할 답이기 때문이다. 닥치지 않은 문제지만 지금도 내가 확실히 아는 것은 돈 문제에 매몰되고 모든 기준이 돈이 되는 순간 정말로 우리는 '자기 자신을 충분히 존중하는 일'을 희귀한 일로 만들어버리게 된다는 점이다. 우리가 두려워하는 초라함과 보잘것없음으로부터 벗어날 길이 없게 된다.

누구에게나 초라함에서 벗어날 수단이 하나쯤은 있을 것이다. 기록은 몽테뉴나 나의 경우에 매우 적절한 방법이었지만 누군가는 화초를 키울 수도 있고, 농사를 지을 수도 있으며, 배우고 싶었던 것을 배울 수도 있다. 사회초년생의 마음으로 다른 일을 시작할 수도 있다. 그것이 무엇이든 상관없다. 집중하고 감탄할 수 있는 일이라면 충분하다.

머리로는 알고 있지만 답답함이 가시지는 않는다고 말할 것이다. 나도 그렇다. 답답함이 가시지는 않는다. 그래도 그 답답함으로만 내 시간과 가슴을 채우지는 않겠다. 내가《에세》에서 가장 위로받았던 말처럼 나는 오늘도 '모든 일 중에 가장 위대한 일', 즉 오늘 하루를 잘 살아내고 있으니까. 게다가 우리가 서로의 답답함을 알아주고 격려해준다면 살아가는 데 조금이나마 힘이 되리라 믿는다.

내려놓는 지혜

Montaigne's essai ∞∞∞∞∞∞∞∞∞

　한 마리 준마의 힘은 그 말이 적당할 때에 딱 정지할 수 있는가를 보는 것으로밖에는 더 잘 알아볼 길이 없다. 지각 있는 사람 중에도 줄기차게 말하다가 그만 끊고 싶어도 그렇게 하지 못하는 것을 본다. 이야기를 끝낼 계기를 찾는 동안, 그들은 마치 허약한 사람들이 쓰러져가는 꼴마냥 횡설수설하며 이야기에 질질 끌려간다. 특히 늙은이들에겐 지난날의 기억이 남아 있고 그 말을 되풀이한 것을 잊어비리고 있기 때문에 이런 위험이 더 크다.

누가 소크라테스에게 아무개가 여행을 다녀왔지만 조금도 나아진 것이 없더라고 말하자 소크라테스는 "그는 자기를 짊어지고 갔다 온 것이지."라고 말했다.

먼저 자기 마음을 억누르는 짐을 내려놓지 않는다면, 몸을 움직일수록 마음은 더욱 억눌린다. 사람들에게서 떨어져 나오는 것만으로 족하지 않다. 자리를 옮겨도 족하지 않다. 자기에게서 세속의 조건을 물리쳐야 하며, 자기 자신을 격리해서 다시 찾아야 한다.

우리는 쇠사슬을 함께 짊어지고 다닌다. 그것은 완전한 자유가 아니다. 우리는 버리고 온 고장으로 고개를 돌리며, 마음은 늘 그 생각으로 가득 차 있다. 병은 마음속에 우리를 가두고 있다.

젊은이는 자기 준비를 해야 하고, 늙은이는 그것을 누려야 한다고 현자들은 말한다. 그리고 현자들이 주목하는 인간 본성의 가장 큰 결함은, 우리의 욕망이 끊임없이 다시 젊어지는 일이다. 우리는 늘 살기를 다시 시작한다. 우리의 지혜와 욕망은 때로는 늙음을 느껴야 할 일이다. 우리는 한 발은 무덤 속에 있는데도 욕망과 추구는 출생만 하고 있다.

자기 굴에 들어가는 문턱에서 발자국을 지우는 산짐승의 본을 떠야 한다.

나는 인간 본연의 필요성이 어느 한계까지 도달하는가를 안다. 그리고 자주 내 집 문 앞에 찾아오는 가련한 거지가 나보다 더 유쾌하고 건강한 것을 보고, 나는 나 자신을 그의 자리에 놓아보며 내 마음에 그의 굳어진 성질을 씌워본다.

죽음·가난·경멸·지령 등이 내 뒤꿈치를 따라오는 것으로 생각하지만, 나보다 못한 자들이 그렇게 참을성 있게 그것들을 견디어내는 것을 보고는, 그런 것은 두려워할 거리가 못 된다고 쉽게 결심한다. 인생의 부속적인 편익들이 대단한 것이 아님을 알고 있는 까닭에, 나는 '내게서 나오는 재물만으로 만족하게 하여 주옵소서' 하고 하느님께 간청한다.

〰〰〰〰〰〰〰〰〰〰〰〰〰〰〰

인생에 아름다운 순간들이 여럿 있겠지만 내려와야 할 때 내려오는 순간만큼 위대한 일이 또 있을까 싶다. 은퇴의 적기를 아는 것은 쉬운 일이 아니다. 사실 100세 시대를 살아야 하는 요즘은 법적으로 정해진 은퇴의 나이가 너무 이른 게 아닌가 하는 생각이 들기도 하고, 평생직장이라는 개념이 사라진 탓에 은퇴라는 말이 무색하게 느껴질 때도 있다. 더 이상 은퇴가 현직을 그만둔다거나, 경제활동을 중단한다는 말과 동의어가 아니다. 지금 시대에 은퇴를 새롭게 규정해야 한다면 나는 '후배에게 주인공 자리를 넘겨주기' 혹은 '과거의 영광은 과거에 두기'로 말하고 싶다.

절대왕정 시대와 내전이라는 지금과는 전혀 다른, 무려 5세기 전 몽테뉴의 이야기가 왜 나에게 이렇게 공감을 일으킬까 생각해봤는데, 그것은 내 일터가 정치권이었기 때문이라는 잠정적 결론을 얻었다. 권력은 사람들 위에 군림하고자 하는 지배욕과 그것을 통해 얻는 자기 우월감, 나르시시즘이 기저에 깔려 있다. 그러나 이때의 지배욕은 '애민 정신'으로, 자기 우월감과 나르시시즘은 '능력자의 겸손함'으로 교묘히 잘 싸서 가려야 한다. 그런데 흑심과 야심은 숨길 수 없다고 했다. 한 번 맛본 권력의 맛은 쉽게 잊히지 않을 만큼 강렬하다.

정계 은퇴 후 여러 가지 모습으로 정치인 시절보다 좀 더 진솔하고 친근하게 대중을 만났던 그들을 보며 과거의 공과가 어떠했든 인간이 보여줄 수 있는 '퇴장의 미'라는 게 과연 있다고 생각했다. 그러나 퇴장이 화려할수록 복귀의 시간은 빨랐다. 퇴장이 비장할수록 번복의 변은 옹색했다.

나는 욕심이라는 말을 싫어하지는 않는다. 그것은 인간을 전진하게 하는 동력이다. 쾌락을 추구하는 것은 인간의 권리이고 무언가를 원하고 가질 때 얻는 쾌락은 그 자체로 나쁜 게 아니다. 우리가 탓하는 것은 언제나 넘치는 것, 즉 과욕과 절제 없는 쾌락이다. 노욕은 그런 의미로 우리에게 부정의 이미지가 있는 것이다. 나이 든 사람이 욕심을 갖는 게 부정적인 게 아니라, 젊을 때 추구했던 욕심과 쾌락을 질적으로 변화하려 하지 않고 이미 다한 영광의 운을 어떻게든 늘려보려고 애쓰는 모습, 그것을 추하게 보는 것이다. 몽테뉴의 표현처럼 '끊임없이 다시 젊어지려는 욕망'을 노욕이라 부른다.

사실 내가 좀 더 나이가 들어 이 '노욕'이라는 단어를 떠올리면 참 슬프게 들릴 것 같긴 하다. 사사건건 '나이 탓'을 하는 '아직 늙지 않은 사람들'이 얄미울 것 같기도 하다. 그래도 여전히 모든 일에는 때가 있다는 사실을 가볍게 여기지는 못하겠다.

나는 노년의 내가 이러면 좋겠다. 나이, 세월, 경험과 연륜을 가지지 못했을 때 안 보이던 것들을 보게 되길 바란다. 느끼지 못했던 것을 느낄 수 있기를 바란다. 그리하여 그것들이 얼마나 환희와 감동으로 가득 차 있는지 후배들과 아이들에게 알려줄 수 있기를 바란다. 그들이 내 얘기를 다 알아듣지 못하더라도, 늙는 게 두렵거나 초라해지는 게 아니라 당연히 그럴 만한 가치가 있다는 것을 몸소 보여주는 사람이길 바란다. 그럼에도 여전히 사람들은 늙음을 두려워하고 초라하게 여기겠지만.

한 가지 자신에게 당부하고 싶은 것은 그것이 말이 아닌 몸의 말로 전달되게 하는 것이다. 예지는 내가 바라는 것이기는 하지만 그것을 말로 보여주면 여지없이 꼰대가 된다. 안타깝지만 지금의 나에게서도 가끔 꼰대 기질을 발견하곤 한다. "요즘 애들은~", "내가 살아보니까~", "우리 때는 말이야~" 등으로 대화를 시작할 때는 틀림없다. 적어놓고 나니 더 소름이 돋는다. 겨우 사십 중반에 내 입에서도 저런 말들이 튀어나온다. 그러니 사춘기 애들이 엄마랑은 말이 안 통한다는 둥, 엄마는 말 해줘도 모를 것이라는 둥 지청구를 늘어놓는 게 당연하다. 고백건대 그럴 때면 내가 늘 쓰는 수법이 있다.

"너희들 사춘기보다 엄마 갱년기가 더 힘들어서 그런 거거든?!"

그렇다. 미안하게도 우리 아이들은 저희 엄마가 사십이 되면서 쭉 갱년기인 줄 알고 있다.

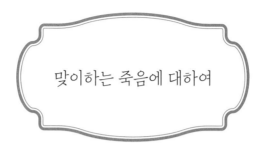

맞이하는 죽음에 대하여

Montaigne's essai ∞∞∞∞∞∞∞∞∞∞

사람은 죽음을 자진해서 맞이하거나, 반대로 이것을 당한다. 죽음의 앞으로 먼저 달려가든지, 죽음을 준비하며 기다릴 일이다.

자진해서 받은 죽음이 가장 아름다운 죽음이다. 인생은 남의 의지에 매여 있다. 그러나 죽음은 우리 의지에 달렸다. 죽음에 대한 자유가 없다면, 삶이란 노예가 되는 일이다.

사는 것이 죽는 것보다 못한 나쁜 상태에 있다면, 하느님도 결국 우리를 데려가시는 것이다.

스토아학자들은 자기가 비참한 상태에 있으면서도 생명에 집착한다는 것은 미친 자의 할 짓이라고 했다.

내가 내 제물이나 돈지갑을 가져가는 것이 도둑질이 아닌 것처럼, 내가 내 나무를 불태우는 것이 방화죄를 저지르는 것이 아닌 것처럼, 내 생명을 없앤다고 해서 내가 살인죄를 저지르는 것은 아니다.

'한 인간이 죽음을 택하게 되는 데는 어떠한 사정이 그 이유로서 충분한가?' 하는 점에 큰 의문이 있었다.

우리를 생명에 매어두는 이유가 강하지 못한 만큼 사람들은 가벼운 이유로 죽어야만 한다고 말하지만, 그래도 거기에는 어떤 척도가 있어야 한다.

참을 수 없는 고통과 (그로 인한) 극악한 죽음은 이런 기도企圖를 변명해줄 만한 권유가 될 수 있는 것으로 보인다.

100세를 넘어 120세까지 수명이 늘어난다는 보도를 보고 있자면 기쁜 게 아니라 끔찍하다는 생각이 먼저 든다. '수명 재앙'의 시대. 저출산에 초고령화 사회인 대한민국에서 그런 보도에

반가움을 표하는 자가 몇 명이나 될지 의심스럽다.

120세까지 산다면 나는 대체 몇 살까지 돈을 벌어야 하나, 죽기 직전까지 건강을 유지하고 산다는 보장이 없을 텐데 병원이나 요양원에서 몇 년을 보내게 될까, 내가 그 나이면 내 아이들도 이미 90세가 넘는 노인이 됐을 텐데 내 존재는 후손들에게 얼마나 큰 짐이 될까. 120의 나이를 가정하며 떠올려본 걱정들은 상상만으로도 참혹하다.

현재 우리 사회는 존엄사에 대한 논의가 일부 진행되는 상태이고 제도적으로 연착륙하는 모양새이지만 아직 적극적 안락사에 대한 정서적 거부감은 강하다. 안락사라는 용어 자체도 쉬이 꺼내지 못한다. 그래서 이 얘기를 하는 것이 나로서는 쉽지 않고 겁도 난다. 하지만 기왕 솔직하게 나를 꺼내는 김에 이번에도 솔직해져 보겠다. 솔직함을 넘어 용기도 내어보겠다.

독실하지는 않지만 나 역시 신앙을 가진 사람이고 신앙의 측면에서 안락사의 허용 여부가 왜 논란이 되는지 잘 알고 있다. 그럼에도 부모님 두 분을 보내드린 이후 나는 안락사를 허용하지 않는 신앙에 많은 회의를 가지게 되었다. 부모님이 돌아가셨던 때는 호스피스 병동도 많지 않던 시절이었으니 내 생각은 그 자체로 위험할 수 있었다.

나에게 안락사 논란은 논란을 위한 논란일 뿐이었다. 사랑은 잔인함을 포함한 개념이 아니기에, 또한 사랑은 상대가 진정으로 원하고 필요한 일을 해주는 것이기에, 신앙적으로, 법적으로 내가 어떤 죗값을 치르던 그때 내가 용기를 내어 부모님을 편안하게 보내드리지 못한 것을 나는 두고두고 통탄스러워할 것이다. 부모님 누구도 그 방법을 내게 요구하거나 원하셨던 것은 아니다. 다만 고통에 몸부림치고 하루가 다르게 망가져 가는 부모님을 보면서도 그들을 하루라도 더 곁에 두고 싶어 했던 내가 얼마나 이기적이고 무자비하며 가혹했는시 나는 너무 늦게 깨달았다.

그로부터 쭉 나는 다짐해왔다. 당하는 죽음이 아니라 맞이하는 죽음을 선택하겠다고 말이다. 방법은 아직 모른다. 아니, 안다고 해도 그것까지 말할 수는 없겠다. 그저 나는 때가 오면 내 삶의 주인으로서 주체적으로 내 삶을 평온하고 아름답게 마감하겠다는 생각이다.

나는 내 생각을 말할 뿐 이것이 옳다고 주장하거나 강요할 생각이 없다. 나는 내 죽음만을 말하고 있다. 그러나 짐작건대 적지 않은 사람들이 막연하게나마 자신의 마무리에 대해 생각하고 있으리라 생각한다. 자기 일로 다가오지 않았다 해도 가까이는 부모님, 친구들의 부모님, 선배들, 심지어는 친구들조차 돌아가시거나 건강을 잃었다는 소식이 늘어갈 테니까. 먼일이 아니라는 느낌 정도는 받게 돼 있다.

　자, 이제 어떻게 할 것인가.

　나는 미리 생각하고 준비해두어야 한다고 말하며 산다. 굳이 내 경험을 들추거나 내 결정을 발설하지는 않는다. 단지 강의할 때, 사적인 모임 자리가 있을 때 '사전 의료의향서'라는 게 뭔지 아느냐, 연명치료가 어떤 것인지 알고 있느냐 정도의 운을 떼는 정도다. 얘기가 좀 진전되면 건강할 때 그런 것들을 잘 알아두라고 권하기는 한다. 나의 속마음을 헤아릴 줄 아는 가까운 사람들에게는 미리 유언장도 써놓으라고 말한다. 이 정도는 괜찮을 뿐 아니라 내가 옳은 일을 하는 것이라고 믿는다.

　《에세》를 읽다 보면 몽테뉴도 당시로서는 파격적이고 급진적인(하긴 지금도 여전하지만) 생각을 하고 있음을 알 수 있다. 그러나 무슨 이유에서인지 결국은 한 발짝 물러나 '육체의 고통이 죽음을 선택하는 척도'여야 한다고 말하며 나름 '아름답게' 글을 정리해놓고 말았다. 개인적으로는 아쉬움이 있지만 그것이 최선이었을 거라 생각한다. 당시는 지금보다 훨씬 더 종교적으로 엄혹했던 때니까. 지금 시대에 적용해봐도 몽테뉴의 처방은 유효하다. 아직 우리 사회에서는 무리가 따를 수 있겠으나 몇몇 국가에서 시행하는 것처럼 결국은 이 수순으로 나아가지 않을까 조심스레 예측해본다. 모든 사람의 소원이 120세까지 살고 싶다는 게 아닌 한.

5장

의지로
품격을
만들어라

몽테뉴가 보여준 품격

Montaigne's essai ⋈⋈⋈⋈⋈⋈⋈⋈⋈⋈⋈⋈

나는 아첨꾼으로 보이는 것이 죽어도 싫다. 그래서 내 말투는 자연히 뻣뻣하고 대체로 내 말투를 모르는 사람에게는 좀 경멸조로 보인다. 나는 내가 가장 존경하지 않는 자에게 가장 존대한다. 그리고 내 마음이 가장 흔쾌히 향하는 자에게는 체면을 차리지 않고 말한다. 속을 감추고 아첨하는 것보다는 차라리 극성스럽고 조심성 없이 행동하는 편을 취한다.

나는 사람과 처음 사귈 때부터 내 속을 솔직하게 터놓으며 그것으로 남의 신뢰를 받는 방식을 갖고 있다. 순박함과 순수한 마음은 어느 시대에나 좋게 통용된다. 이런 자들이 아무 이해 관계없이 자유롭게 하는 행동은 흉하게 보이지도 않고 의심받는 일이 드물다.

아테네인들이 히페레이데스(그리스의 웅변가)의 말투가 거칠다고 불평할 때 그가 "여러분, 내 말이 독설인 점만을 생각지 말고, 내가 이로써 아무것도 얻는 것이 없고, 이것으로 내 일에 보상받을 생각 없이 자유로이 말한다는 점을 보아주시오." 하고 대답한 것이 그 예이다.

지금 우리는 참되고 견고한 규칙인 종교를, 너 나 할 것 없이 격렬하고 야심적인 계획에 사용한다. 기독교도의 적개심보다 더 심한 것은 없다. 우리 종교는 악덕을 뿌리 뽑기 위해서 존재하는 것인데, 도리어 그런 것을 옹호하고 가꾸며 유발하고 있다.

서로 적대 관계에 있는 사이라도 편안하고 믿음직스럽게 행세하지 못할 것은 없다. 양쪽을 모든 면에서 똑같은 마음으로 대할 수는 없을망정 적어도 절도 있는 마음으로 대하며, 한 편이 그대에게 모든 것을 요구해오지 못하도록 하는 태도를 취해야 한다. 그리고 그들의 호의는 적당하게 받아두며, 흐린 물속에서 무엇을 낚아내려고 하지 말고 흘려보내야 한다.

리지마코스 왕이 "내가 가진 무엇을 그대에게 줄까?" 하고 말하자, 필리피데스는 "그대의 비밀 외에는 아무것이라도 좋소."라고 현명하게 대답했다.

사람은 자기에게 무슨 일을 시킬 때 그 내용을 숨겨두고 그 뒷면의 뜻을 알려주지 않으면 불평을 품는다. 나는 그렇지 않다. 나는 내가 아는 것이 내가 말할 수 없을 만큼 넘쳐 말에 제약받게 되는 일은 바라지 않는다. 나는 내가 남을 배신해도 좋을 정도로 누구에게 애정을 품었거나 그에게 충실한 하인으로 보이기를 원치 않는다. 자신에게 불충실한 자는 자기 주군에게 불충실해도 용서될 일이다.

그러나 왕들은 사람들을 반쪽으로 받아들이지 않으며, 조건이 붙은 제한된 충성을 경멸한다. 거기에는 묘한 수가 없다. 나는 그들에게 솔직하게 내 한계를 말한다.

권력가들 앞에서 주눅 들기는커녕 당당하고 거침없이 할 말을 했던 몽테뉴는 왕과 권력가들에게 과연 어떤 대접을 받았을까. 상식적으로 생각해봤을 때 그에 대한 주변의 평가는 그리 좋았을 것 같지 않다. 내전이 한창인 프랑스 사회에서 구교나 신교 어느 쪽에도 휩쓸리지 않고 중립을 지킨다는 것 자체가 어려운 일이었을 것이다. 거기서 더 나아가 본인은 "아첨꾼으로 보이는 것이 죽어도 싫어 권력의 실세들에게 뻣뻣하게 굴었다."고 자백하니 과연 태평스럽고도 배짱 두둑한 그의 호기가 위대해 보인다.

실제로 그는 가톨릭 강경파와 칼뱅주의 프로테스탄트 교도들인 위그노Huguenot 사이에서 철저한 중립을 지키는 대신, 동시에 양측으로부터 공격을 많이 받았다. 몽테뉴 스스로 자신은 끝까지 가톨릭을 버리지 않을 거라고 공언했지만, 가톨릭 강경파들은 그의 말을 믿으려 하지 않았다. 그가 "내 적들에게 인정해야 할 영광도 나는 솔직하게 인정한다."고 하며 프로테스탄트들과도 잦은 교류를 했기 때문이다.

물론 프로테스탄트 측에서도 몽테뉴가 마냥 달가운 것은 아니었다. 기존 제도의 변혁에 반대하고, 새로운 종교사상을 가감 없이 비난했기 때문이다. 그런데도 양측의 수장들은 몽테뉴를 절대적으로 신뢰하며 협상조정가로서 그를 선택했다. 그가 언제나 평화를 지향하고 상대성을 인정하는 사람이라는 데 양측의 이견이 없었기 때문이다.

몽테뉴의 그런 성향은 그가 나고 자란 지역적 조건도 한몫했다. 그가 살았던 곳은 보르도와 페리고르의 경계 지역으로 보르도 사람들은 대부분 가톨릭 신자였고 페리고르 사람들은 대부분 프로테스탄트였다. 그 지역의 영주로서 몽테뉴 가문이 흔들리지 않으려면 양측 진영 모두와 원만한 관계를 유지해야 했다.* 지역뿐만 아니라 한 가족 내에서도 종교가 서로 다른 경우가 많았는데, 사실 몽테뉴의 어머니도 에스파냐에서 이주한 유대계 출신 프로테스탄트여서 그에게는 서로 다른 종교에 대한 존중과 배려가 몸에 배어 있을 법했다.

스토아주의Stoicism를 표방하는 그의 성향도 종교전쟁에 휘말리지 않는 요인이 됐다. 정념이 없는 마음상태apatheia를 가지고 이성적 판단과 절제된 감정을 중시하는 스토아학파의 가르침에 따르면 가톨릭 강경파와 위그노의 전쟁은 똑같이 광기에 휩싸인 집단 간의 싸움일 뿐이었다.

협상조정가 · 중재자로서의 역할은 몽테뉴가 48세 되던 해 보르도 시의원들에 의해 시장으로 선출된 후 활발해졌다. 당시 국왕이었던 앙리 3세에게는 아들도 없고 친척도 없었기에 곧 왕권을 놓고 쟁탈전이 벌어질 상황이었다. 후계서열 1순위인 자는 나바르의 군주 앙리 드 나바르Henri de Navarre였는데, 문제는 그가 프로테스탄트였기 때문에 많은 사람이 그의 왕위 계승을 반대했다. 이때 몽테뉴가 나바르의 중신인 뒤플레시 모르네

---

* 사라 베이크웰,《어떻게 살 것인가》, 김유신 옮김, 책읽는수요일, 63p

와 왕명에 의한 기엔느 지방 총대관 마티뇽 원수 사이에서 서신을 교환하며 양측의 화해를 돕기 위해 애를 썼다. 나바르 공이 몽테뉴의 집을 방문해 며칠간 묵을 만큼 둘 사이의 신뢰 관계는 두터웠다. 실제로 나바르 공은 훗날 자신의 신앙을 포기하고 가톨릭으로 개종해 왕위를 계승하겠다는 뜻을 몽테뉴의 입을 통해 왕에게 전달하게 했을 만큼 그를 온전히 신임했다.

한편 보르도에 흑사병이 퍼졌을 때 6개월간 유랑생활을 했던 몽테뉴 가족을 도와준 이는 다름 아닌 국왕의 모후인 카트린 드 메디시스Catherine de Médicis였다. 전염병 지역에서 온 피난민이라는 이유로 몽테뉴 가족은 사람들로부터 배척당했는데 이런 상황에서 국왕의 모후로부터 극진한 도움을 받았다는 것은 그가 얼마나 양측 모두에게 중요한 사람이었는지를 짐작케 한다. 세련된 처세가가 아니었음에도 몽테뉴가 받은 절대적 신뢰는 단연 그의 솔직한 태도와 사사로움에서 벗어난 마음 때문이었다.

한 사람에 대한 평가는 그가 속한 무리에서보다 상대편이 인정해줄 때 더 빛을 발한다. 그런 일은 참으로 드문 법이다. 그런데 몽테뉴는 모든 이해관계로부터 자유로우면서도 어느 편에서나 똑같이 신뢰를 받았으니 사실상 불가능한 일을 해낸 영웅처럼 보이기도 한다. 혼란 속에서 어떤 세력으로부터도 흔들리지 않기 위해 그가 얼마나 자기 자신을 뿌리박고 버텨냈을지 상상하기 힘들 정도다. 의도치 않게 배신자로 몰리거나 스파이로 오해받고 쉽사리 죽임을 당할 수 있는 시대였으니 말이다. 그런데도 그는 상대의 호의를 얻기 위해 자신을 속이기보다는 자신이 맡은 임무를 실패하는 편이 낫다고까지 고백한다. 일이 잘 풀린 경우에도 그것을 자신의 공으로 여기지 않고 운이 자신을 편들어 주었기 때문이라고 말한다. '운이 좋았다'라는 표현은 그가 겸손을 보여주기 위해 한 말이 아니라 그의 진심이었을 것이다. 시대적 상황이 엄중했으므로 그가 자신의 양심대로 행동했더라도 결과는 오로지 하늘에 맡길 수밖에 없었을 테니까.

오해하지 말아야 할 것은 몽테뉴가 지향한 중립의 의미를 이쪽저쪽 양다리를 걸치는 기회주의자나 철새로 봐서는 안 된다는 점이다. 그것은 소신이 없어서가 아니다. 그의 소신은 종교의 통합이 아니라 하루빨리 내전이 종식되어 정치적으로 안정되고 평화가 찾아오는 것이었다.

몽테뉴가 더욱 위대한 것은 자신이 중립을 지켰다고 해서 그 길만이 옳다고 말하지 않았다는 점이다. 오히려 자신의 소신이 어느 쪽에 속해 있다면 소속을 하는 것이 옳은 일이라고 말한다. 또한 그는 이렇게 강조한다. 승리하는 편에 속하기 위해 눈치를 보는 것은 배신행위이지만, 나라가 동란에 빠지고 국민이

분열된 마당에 박쥐같이 휘뚝거리며 마음이 어느 편으로 움직이지도 기울어지지도 않는다는 것은 훌륭하거나 명예로운 일이 아니라고.

러브콜 vs. 셀프세일즈

Montaigne's essai ∞∞∞∞∞∞∞∞∞∞∞∞

한 인간의 품위와 가치는 그 마음과 의지로 이루어진다. 여기에 진실한 영광이 있다. 용감성勇敢性은 팔이나 다리가 아니고, 마음과 정신의 견고성에 있다. 그것은 우리의 말이나 무기의 가치에 있지 않고 우리 자신에게 있는 것이다. '쓰러져도 무릎으로 서서 전투하는'(세네카) 자, 아무리 죽음의 위험이 임박해도 태도를 조금도 바꾸지 않는 자, 숨을 넘기면서도 경멸하는 확고한 눈초리로 적을 쏘아 보는 자는 패한 것이 아니다. 패했다면 단지 운명에 패한 것이다.

어떤 곤란한 문제에 직면했을 때, 무엇이 가장 유리한 일인가를 택할 수 없는 불확실성과 곤혹의 상황에서 묘안이나 대책을 세워볼 수 없을 때 가장 확실한 길은, 더 공명정대한 방침을 잡아가는 일이라고 본다. 그리고 가장 빠른 길은 늘 의심스러운 길이니, 항상 올바른 길을 택해야 할 일이다.

소크라테스는 그의 생애 말기에, 자기에 대한 추방 선고를 사형 선고보다 더 언짢게 생각하였다. 진실로 그는 각처를 돌아다니기를 경멸했고, 아티카의 영토밖에 발을 디뎌본 일이 없었다. 뭐라고? 그가 친구들이 자기 생명을 구하려고 돈 쓰는 것을 아까워했고 부패했던 시대에 법을 어기지 않기 위해 타인의 주선으로 감옥에서 나오는 것을 거절했다고? 이런 일은 나로서는 제1급에 속하는 모범이다.

"우리가 보여주는 신념은 신의를 불러온다." (티투스 리비우스)
이런 강력한 자부심은 결국은 있을지도 모르는 죽음, 또는 그보다 더 무서운 일이 있을지도 모른다는 의구심에 아무런 공포도 일으키지 않는 사람만이 솔직하게 보여줄 수 있다.
한 인물을 진실로 정당하게 판단하려면, 주로 그의 평상시 행동을 검토하고 여느 때 하는 버릇을 순간적으로 잡아보아야 한다고 현자들은 말한다.

사람들은 공적 행동으로는 황공해서 저자를 그의 집 문 앞까지 바래다준다. 그자는 그의 옷과 더불어 역할도 벗어 놓는다. 그는 높게 올라갔던 정도로 낮게 내려온다. 그는 자기 집안에서는 모든 일이 엉망진창이다.

'의지가 품격을 만든다!' 실로 오랜만에 내 가슴을 벅차오르게 만든 문구여서 밑줄을 치고 여러 번 되뇌었다.

나는 겉으로 보이는 이미지나 말투를 별로 신뢰하지 않는다. 내가 정치권에 있었기 때문에 더욱 그런 성향이 강해졌을 것이다. 연예인, 스포츠 선수 그리고 정치인에게는 이미지가 매우 중요한 가치일 수 있다. 누군가에게 '선택'되어야 하는 직업이기 때문이다.

내가 만난 정치인 중에도 소위 '이미지 정치'에 지나치게 몰두하는 사람이 정말 많았다. 좋은 사람으로 보여야 한다는 강박증에 시달리는 탓인지 사적인 관계의 사람들에게는 반대의 모습을 보이는 경우가 적지 않았다. 점잖고 교양 있다는 평을 듣는 사람일수록 대중과 멀어진 자리에서는 저속하고 화가 많았다. 아랫사람을 막 대하는 일도 흔했다. 어떤 정치인은 대중적

인기가 꽤 높은 편인데 이상하게도 예전부터 보좌진이 수시로 바뀌었다. 세월이 많이 흘렀는데도 여전히 그분을 보좌하는 사람들은 힘들어한다는 얘기가 지금도 들린다.

오히려 거친 말투와 상스러운 행동을 보여 대중과 언론으로부터 질타를 받는 사람에게서 인간다움과 솔직한 면모가 발견될 때가 있다. 또 다른 유명한 정치인은 겉으로는 말 품위가 없는 사람처럼 보였는데, 그 정치인의 보좌진들은 한결같이 그를 '최고의 상사'라고 평해서 깜짝 놀란 적이 있다. 자기 사람들을 귀하게 여긴다는 것이다. '사람이 재산이다'라는 표현은 정치인 입에서 흔히 나오는 표현이지만, 진실로 자기 사람을 아끼는 정치인은 많지 않기에 나는 그 평이 사실이라면 앞으로는 그를 좋아하리라 마음먹었다. 비록 나와는 다른 노선에 있는 사람이지만.

말과 행동은 엄연히 다르다. 말이 주는 고귀함도 분명 있지만 말은 언제나 행동에 비해 가볍기 마련이다. 나는 "쓰러져도 무릎으로 서서 전투하는(세네카) 자, 아무리 죽음의 위험이 임박해도 태도를 조금도 바꾸지 않는 자, 숨을 넘기면서도 경멸하는 확고한 눈초리로 적을 쏘아보는 자"라고까지 몽테뉴가 구체적으로 표현할 수밖에 없었던 이유를 알 것 같다. "한 인간의 품위와 가치는 그 마음과 의지로 이루어진다."는 말은 "한 인간의 품위와 가치는 그 마음과 의지에서 **나오는 행동**으로 이루어진다."는 말을 전하기 위해 굳이 그 예들을 들었을 것이리라.

그런데 안타깝게도 우리가 알 만한 사람 중에는 불확실성과 곤혹의 시대에 굳은 의지로 품격을 만든 사람이 많지 않다. 대부분 의지는 있었으되 행동으로 이어지지 못했거나 행동을 반대로 하여 품격을 훼손한 사람들이 더 많은 것 같다.

처음부터 잘못된 길을 가겠다는 의지를 갖는 사람은 없을 것이다. 몽테뉴의 말을 음미해 보면 의지가 틀어지는 경우는 '빠른 길을 가려고 할 때'가 아닌가 한다. 느리고 거칠더라도 가장 확실한 길은 공명정대하며 올바른 길일진대 예의 그 조급함과 편의성이 일을 그르치고 사람까지 상하게 하는 것이다.

사람이니까 실수도 하고 잘못도 한다. 누구나 그렇다. 다만 길을 바꾸는 선택에 있어 사람들이 동의하지 않거나 인정하지 못하는 이유는 대체로 그 당사자가 자신의 과거를 변명하거나 남에게 책임을 전가하기 때문이다. 실수와 잘못은 나의 탓으로 돌려야 한다. 반성하는 사람을 향해 비난을 쏟을 사람은 많지 않다. 오히려 그의 인격을 칭찬할 것이며 더욱 그를 신뢰하게 할 것이다.

사람들은 완벽한 누군가를 찾는 것이 아니라 본받고 싶은 사람을 찾는다. 이 시대에 몽테뉴가 존경해 마지않는 소크라테스

같은 삶을 살아야 한다고 말하는 게 아니다. "평상시 행동을 검토하고 여느 때 하는 버릇을 순간적으로 잡아 보아야 한다."고 현자들이 얘기한 바와 같이 신독愼獨(《대학》과 《중용》에 나오는 가르침. 혼자 있을 때도 도리에 맞게 언행을 조심하고 몸가짐을 바로 함)을 강조하고 싶은 마음도 없다. 나 자신도 하기 어려운 일을 남에게 권유한다는 것은 우스운 일이다.

다만 한 가지, 내가 정말로 참지 못하는 것이 하나 있다. 정치를 향한 사람들의 탐욕과 그들이 보여주는 위선이 그것이다. 흑심과 야심은 숨기지 못한다고 했다. 나는 사회 일각에서 정의로운 이미지로 명성깨나 얻은 사람치고 정치권의 러브콜을 거절하는 사람을 보지 못했다. 이런 현상은 특히 법조계와 언론계가 심각한데 그 세계에서의 그들의 경력과 성공은 마치 정치권으로 가기 위한 징검다리로써만 활용되는 것 같다.

내 주변에는 언론사에서 노조 활동을 하다 일을 그만두게 된 사람들이 몇 있다. 일부는 정치권을 기웃거렸고 일부는 복직을 위해 싸웠다. 이중 여의도 입성에 성공한 언론인 출신 정치인 가운데 제대로 된 정치를 했거나 하는 사람이 있는지 의문이다. 언론개혁에 헌신하겠다며 들어와서는 본인의 경력을 만들어준 소속집단에 등을 돌리거나 현장에서 여전히 힘겹게 싸우고 있는 동료들을 향해 총질해대는 사람도 있었다. 한편 수년간의 법정 싸움 끝에 복직한 기자들은 동료들의 축하와 지지를 받으며 그 속에서 훌륭한 언론인상을 정립해가고 있다.

변호사인 내 친구 한 명은 당당하게 자신은 정치를 하기 위해 변호사 타이틀을 땄노라고 고백했다. 차라리 커밍아웃한 사람이 나는 더 좋다. 최소한 위선은 없는 거니까. 내가 싫어하는 부류는 선거 때마다 법률 자문을 해주겠다며 캠프에 찾아오는 법조인 같은 사람들이다. 예상할 수 있듯 이들 중 많은 이가 순수한 자원봉사자는 아니었다.

인재풀을 넓힌다며 외부의 스타들을 정치권으로 영입하려는 행태나 그에 편승해 어떻게든 셀프세일즈 해보려는 유명인사의 작태나 한심하긴 매한가지다. 각자가 자신이 서 있는 위치에서 그 조직의 폐단을 없애기 위해 싸우는 게 올바른 길이라고 생각한다. 몽테뉴의 말처럼 신의를 불러오는 신념이란 결코 빠르고 쉬운 길에 있지 않다.

사회의 거의 모든 곳에 암癌이 퍼져 있다. 정치에 있는 종양만 떼어난다고 병이 완치되는 것은 아니며, 완전한 회복은 각 기관과 조직, 세포 하나하나가 정상적으로 기능할 때 기대할 수 있다.

그런데도 러브콜과 셀프세일즈라는 꼴불견이 계속된다면 차라리 몽테뉴가 수행한 시장직처럼 높은 공무직은 명예로운 무급 봉사자로 둘 일이다. 그것이 욕망에 나약한 인간의 본성 위에서 정치를 바로 세우는 유일한 길이라고 생각한다. 나만의 바람은 아닐 것이다.

굿바이, 86

Montaigne's essai ∞∞∞∞∞∞∞∞∞∞∞∞∞

(우리가 날마다 하듯이) 사사로운 관심과 정열에서 나오는 분노와 원한을 의무라고 불러서는 안 되며, 악의와 배신에 찬 행위를 용기라고 불러서도 안 된다. 그들은 악의와 폭력으로 향하는 마음을 열성이라고 부른다. 그들은 대의명분이 아니라 사리사욕 때문에 열을 올린다. 그들은 전쟁이 정당하기 때문이 아니라 전쟁을 위해서 전쟁을 도발시킨다.

인간이 하는 모든 일은 불완전한 것으로 충만해 있기 때문에, 한 정부가 불완전하다고 비난하기는 아주 쉬운 일이다. 그러나 그전 것을 부수고 그 대신 더 나은 상태를 세우는 일은, 한 정부를 비난한 자 중에 수많은 사람이 헛수고만 하였다.

자기가 착하고 거룩하게 살아야 하는 것을 망각하고, 다른 자들을 그렇게 하도록 지도하며 훈련하는 것으로 자기 책임을 다한다고 생각하는 자는 천치일 것이다. 마찬가지로 자기 인생을 건전하고 유쾌하게 살아가기를 저버리고 그 힘으로 공무公務를 더 중시하는 자는, 내 생각으로는 비뚤어지고 좋지 않은 길을 잡은 것이라고 본다.

정치에는 더러울 뿐 아니라 악덕이 되는 일도 필요한 경우가 있다. 마치 독약이 우리 건강을 보존하는 데 필요하듯, 악덕들은 거기에 제 지위를 차지하며 우리 사이의 연결을 맺어주는 일을 한다.

궁지에 몰렸을 때 자기의 착한 마음을 보이는 가장 명예로운 방법은 자기의 잘못과 남의 잘못을 솔직하게 인정하고, 자기가 악으로 기울어지는 것을 자기 힘으로 버티고 지연시키며, 마음에 없는 방향을 좇으면서도 결국은 일이 바르게 되기를 희망하는 일이다.

지금부터 내가 얘기하고 싶은 사람들은 바로 86세대이다. 다만 내가 직접 겪은 사람들만이 대상이므로 이것은 정치권에 속한 86세대에 국한된 비판이라는 점을 말해둔다. "그들은 대의명분이 아니라 사리사욕 때문에 열을 올린다. 그들은 전쟁이 정당하기 때문이 아니라 전쟁을 위해서 전쟁을 도발시킨다."라며 몽테뉴가 비판했던 '그들'은 구교와 신교의 극단주의자들이었지만 나에게 그들은 86세대 정치인들이다.

내가 처음 정치권과 연을 맺은 시기는 16대 총선을 앞둔 2000년 초였다. 당시는 고 김대중 전 대통령에 의해 '젊은 피'로 불리던 운동권 출신 386들이 대거 정치권으로 영입되던 때였다. 그들은 독재정권에 항거하고 민주화를 이끌었다는 데 강한 자부심을 느끼고 있었고, 그들 세대의 강한 결속력과 사명감이 이 나라의 미래를 바꿔놓을 원동력이라고 굳게 믿고 있었다.

초심은 순수한 법이다. 그때 그들의 첫 마음에 어떤 불순함이 있었다고 생각하지는 않는다. 내가 본 그 세대는 누구보다 열정이 넘쳤고 정의로워 보였다. 어떤 면에서 보면 시대를 잘못 타고나 청춘을 희생당한 피해자들 같아서 그 피해를 정당한 방법으로 보상받는 것이 그리 잘못된 것처럼 느껴지지 않았다. 단지 나 같은 90년대 학번 후배들은 어린 나이에 역사의 한 페이지를 장식할 수 있었던 그들의 불운했던 시대와 그로 인해 끈

끈해진 동류의식이 부럽기는 했다.

사회초년생이기도 했던 나로서는 존경스러운 선배들의 뒤 꽁무니라도 잘 따라가 무엇이든 열심히 배워보고픈 마음뿐이 었다. 그러나 시간이 지나면서 내 마음의 우상들은 조금씩 사라져갔다. 나에게 그들은 더 이상 존경스러운 선배가 아닌 흔하디흔한 정치인들이었다. 그들을 한데 뭉치게 했던 동력은 어디로 사라진 걸까? 언젠가부터 그들은 각개전투를 시작했다. 입으로는 모두 대의와 단결과 정의를 외쳤지만 각자의 셈법은 달랐던 모양이다. 윗선의 '선배' 정치인들 뒤로 '헤쳐모여'가 빈번했고 정치권 밖에 있는 동 세대들의 비난엔 '연착륙이 우선'이라는 말로 응수했다. 밖에서의 외침은 과거처럼 그들끼리 한번 더 뭉쳐서 정치권을 뒤집어 놓으라는 요구였는데 막상 정치권 안으로 들어온 그들은 동료들을 향해 '멀리 보고 길게 갈것'을 당부했던 것이다.

각자의 셈법에 따른 '반복되는 헤쳐모여' 속에서도 그들은 '운동권 86세대'라는 꼬리표만은 지키기 위해 노력했다. 그것은 정치권 안에서 그들을 끝까지 지켜줄 훈장이었기 때문이다. 상대 당이 빨갱이라는 색깔 논쟁으로 그들을 공격할 때 오히려 그들의 정체성은 더 공고해지는 듯했다. 비록 평상시엔 성골·진골·6두품을 나누어 계급을 만들고, 다른 세대들이 함부로 그들 안으로 들어오지 못하도록 보이지 않는 공고한 스크럼을 짜고 있었지만 말이다.

나는 86세대들의 공을 인정한다. 20대 학창 시절 그들이 보여준 애국심과 용기는 분명 우리 사회를 한 발짝 전진시켰다. 그들은 김대중 대통령에 의해 정치인이 되자마자 바로 뒤이어 노무현을 대통령으로 만들어냈다. 나이는 젊은 30대였지만 정치권 안팎에서 핵심적 역할을 수행하며 대선을 승리로 이끈 주역임은 분명하다. 20년이 지나 50대가 된 그들은 이제 대선후보급에 이름을 올린다. 결과적으로 그들이 목표했던 '연착륙'은 성공한 것일지도 모르겠다.

그러나 나는 그들의 '공'보다 '과'에 더 주목한다. 할 말이 무수히 많지만 이곳에서 일일이 그들의 '과'에 대해 열거하지는 않으련다. 다른 기회에 말할 날이 있으리라 위안하며.

다만 미투Me Too movement 정국과 청문회 시즌을 거치면서 나는 더이상 그들에게 남아 있던 애증의 '애'마저 거둘 수밖에 없음을 말하고 싶다.

내가 오랫동안 존경했고 지난 선거 때는 지지를 넘어 직접 돕기까지 했던 한 선배는 미투에서 자유롭지 못했다. "정치권에서 차근차근 배워가며 커가는 사람들이 정말 필요한데 그런 면에서 너는 소중한 존재야."라고 말해주었던, 이 세계에서 보기 드물게 따뜻하고 순수했던 한 선배는 참으로 불명예스럽게 높은 자리에 올랐다. 그들을 생각하면 눈물이 난다. 절망과 충격, 배신감과 분노라는 표현밖에 떠오르지 않을 만큼 변하기 전 그들의 옛날 모습을 나는 진실로 사랑했기 때문에.

나는 이제 86에게 작별을 고한다. 그들이 아직은 이 사회의 주축일 수밖에 없다는 현실이 구차해서 슬프지만 몽테뉴가 진정으로 했던 조언을 다시 적으며 이제는 미련 없이 그들을 마음에서 떠나보내려 한다. 그들을 위해서뿐만 아니라 이 나라를 위해서 그들이 끝내 역사에 실패자로 기록되지 않기를 바라는 내 마음은 진심이기에 이 말은 내 이별 선물이 될 것이다.

"궁지에 몰렸을 때 자기의 착한 마음을 보이는 가장 명예로운 방법은 자기의 잘못과 남의 잘못을 솔직하게 인정하고, 자기가 악으로 기울어지는 것을 자기 힘으로 버티고 지연시키며, 마음에 없는 방향을 좇으면서도 결국은 일이 바르게 되기를 희망하는 일이다."

6장

부자 노예로
살지 마라

무항산무항심

Montaigne's essai ∞∞∞∞∞∞∞∞∞∞∞∞

　나는 살림을 늦게 시작하였다. 나보다 앞서 이 세상에 나온 분들(조상들)은 내게 오랫동안 그 부담을 덜어주었다. 그러나 어떻든 내가 본 바로는 살림은 어렵다기보다 귀찮은 직무이다.

　내가 부자가 되고 싶은 생각을 가졌다면, 이 길은 너무 오래 걸리는 것으로 보였을 것이다. 나는 아무것도 벌어놓은 것이 없고 낭비한 것도 없다. 나는 가진 것보다 적은 것으로 지낼 수 있는 상태의 여러 한계를 마음속에 세워보았다. 만족하고 지내는 상태 말이다.

내가 아무리 집안일을 경시하며 아무것도 모르고 지낸다 해도, 내가 있다는 것이 일 처리에 큰 힘이 된다. 일은 돌봐주고 해결해준다. 그러나 귀찮게 여기며 한다.

나는 하느님께서 우리에게 베풀어준 대로 인생을 사랑하며 가꾼다. 나는 내 생활에 먹을 것과 마실 것이 부족하기를 원치 않는다. 그러나 필요한 것보다 갑절을 요구하는 일도 똑같이 용서될 수 없는 실수라고 보련다.

내가 몽테뉴를 이해하는 데 좀 어려움을 겪기도 하고, 반대로 존경하게 된 부분이 바로 그의 경제관이다. 몽테뉴의 선조들이 대대로 상업에 종사했던 까닭에 몽테뉴는 평생 보르도시의 부유한 영주로 살았다. 또한 할아버지가 보르도 정계에 진출하면서 아버지에 이어 몽테뉴도 시장직을 수행할 수 있는 무관武官 귀족이 될 수 있었다. 지금으로 말하자면 그는 금수저였다.

그러나 물려받은 것과는 상관없이 그는 물질적인 가치를 경시했고 재산증식에는 도통 관심이 없었다. 오히려 재산을 지키는 일이 그에게는 귀찮은 일이고 스트레스였다.

그의 성향이 물질추구형이 아니라 해도 내가 금수저였던 적이 없던 터라 그를 온전히 이해할 수는 없는 일이다. 나는 지금까지 살면서 단 한 번도 부유해본 적이 없다. 다행히 밥을 굶은 적은 없지만 경제적 어려움은 여러 번 겪었다. IMF 때 아버지 회사가 부도나고 월급사장이었던 아버지 앞으로 엄청난 채무가 발생, 채무가 상속된 상태로 긴 소송을 하게 된 사연은 앞서 밝힌 바 있다. 결혼 이후 또 한 번 찾아온 경제적 위기는 가족의 실수로부터 시작됐고, 그 일 역시 우리 가족에게 많은 채무를 남겨 오랜 시간 금전적 부담을 져야 했다. 우리 부부의 심신이 망가졌음은 물론이고 아이들까지도 고생을 감당해야 했던 아픈 사건이었다.

다행스럽게도 어려움을 잘 극복해냈고 지금은 남편의 외벌이와 비정기적인 나의 아르바이트로 아이 둘을 그럭저럭 공부시키고 있는 상황이다. 물론 늘 허리띠를 졸라매고 산다. 한 달에 두 번 이상 경조사가 있는 경우에는 외식비 특감조치가 가동되고, 성장기 아이들의 먹성에 남편과 나는 마음만 배부를 때가 많다. 여느 보통 집처럼 노후자금 마련은 꿈도 못 꾸고 살지만 설마 산 입에 거미줄 치겠냐며 은퇴 이후의 삶을 걱정하는 남편을 위로한다. 그냥 그날그날을 충실히 살 뿐이고 남편도 나도 크게 돈 벌 생각이 없다. 아니 이제는 그럴 능력이 없다고 말하는 게 맞겠다.

경제에 관해 내가 이상으로 생각하는 것이 바로 '무항산무항심無恒産無恒心'이다. 지난 책에도 썼고 강의 때도 빼먹지 않을 만큼 좋아하는 문구다.《맹자》에 나오는 말인데 일정한 생업이나 재산이 없으면 바른 마음을 갖기 어렵다는 말이다. 거꾸로 말하면 항산이 보장되면 항심이 유지된다는 얘기다. 물질 만능시대에 많은 사람이 돈을 최고의 가치로 여기고 돈 앞에서 예외 없이 탐욕스러울 것 같지만 나나 내 주변 사람 중에는 큰 욕심 없이도 만족하며 살 줄 아는 사람들이 많다. 욕심을 내는 정도라는 게 법을 초월하거나 정신을 잃을 정도가 아니고 그저 마음의 여유를 조금 넓힐 수 있는 만큼이다. 견물생심이 인지상정이고 욕심은 끝이 없는 게 사람 마음 같아 보여도 나는 누구나 욕심을 내는 똑같은 정도로 절제와 베풂의 미美도 추구할 줄 안다고 생각한다. 엇비슷한 사정들과 다 같이 어렵고 힘든 세상살이에도 지인들과의 담소 어디엔가 "돈이 다가 아니야."라는 말이 빠지지 않는 걸 보면 나이 들수록 불안만 커지는 게 아니라 정신의 풍요도 커진다는 걸 믿게 되는 것이다.

'무항산무항심'은 몽테뉴가 말하는 것과 같은 의미다. 부족하기를 바라지는 않지만 넘치는 것 또한 경계한다는 것. 그는 자신이 가진 것이 많다는 것을 인정한다. 그러나 필요한 것보다 더 바라며 사는 인생은 용서될 수 없는 실수라고 말한다. 익히

그의 솔직함에 반한 나이지만 욕심과 탐욕으로부터 자신을 지
키기 위한 그의 노력에 감히 맞설 엄두가 나지 않는다.

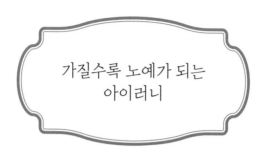

가질수록 노예가 되는
아이러니

Montaigne's essai ∞∞∞∞∞∞∞∞∞∞∞∞

돈을 많이 지니면 지닐수록 근심도 점점 더 커졌다. 어떤 때는 도둑을 맞을까 걱정되고, 어떤 때는 일꾼들이 믿을 만한 사람인지가 걱정되며, 내가 아는 다른 사람들처럼 늘 지켜보고 있지 않으면 안심이 되지 않았다. 궤짝을 집에 놓아두면 도무지 근심이 되어 언짢게 마음이 쓰인다. 그리고 더 언짢은 일은, 이런 사정을 남에게 말할 수가 없다는 점이다. 따져보면 돈을 벌기보다는 지키는 것이 더 힘이 든다.

여기서 내가 덕을 본 일은 거의 아무것도 없다. 더 많은 돈을 쓸수 있게 되어도 내게는 돈 쓰는 것이 똑같이 괴로웠다. 돈더미에 마음이 쏠리는 버릇이 생기면, 그때부터 돈은 우리의 소용이 되지 못한다. 아주 작은 소용조차 말이다.

"큰 재산이란 큰 노예 생활이다." (세네카)

풍부한 재산을 올바르게 소비하는 것보다는 가난 속에서 더 근심 없이 세월을 보낼 수 있다. 절제는 고통보다도 훨씬 더 힘이 드는 도덕이다.

돈을 벌려면 너무 많은 소질이 필요하다. (나는 그런 소질이 없다.) 그런 내가 돈 쓰는 방법에 관해서는 좀 알고 있다.

돈 쓰는 보람이 있고, 어디 소용 있는 일이 생기면 나는 조심 없이 되는 대로 쓴다. 그리고 쓰는 보람이 없고 내게 좋게 보이지 않으면, 가차 없이 주머니를 조인다.

사람들이 가장 애써서 내게 감추려고 하는 도둑질의 행위는 내가 가장 잘 알고 있는 일이다. 그때문에 속을 덜 썩이려고 오히려 내가 그들의 도둑질을 모른 척해야 한다. 부질없는 마음의 수고이다.

그래서 나는 내 집 사람들의 도둑질을 잊어버리고 지낸다. 그것이 가장 안전한 방법이다. 나는 내 눈으로 직접 보기 전에는 나쁜 일이 있다고 생각하지 않으며, 젊은 아이들은 아직 나쁜 본에 덜 물들었다고 보기 때문에 그들이 더 미더워진다.

나는 일부러 금전 계산을 흐리고 불확실하게 해둔다. 하인들에게는 불충실하거나 부주의할 수 있는 여유를 좀 주어야 한다. 이삭줍는 자의 몫도 남겨야 한다. 자기 돈을 달아보고 세어보는 자들은 어리석고 추잡하다! 여기서부터 탐욕은 다가온다.

저축을 시작한 지 얼마 안 되어 내 형편대로 상당한 금액을 저축했으며 평상시에 쓰는 소비 이상으로 갖는 것이 아니면 가진 것이 아니고, 장차 받을 것이 확실하여도 아직은 받을 희망의 상태로 있는 것은 믿을 수 있는 재산이 아니라고 생각했다. 그리고 말을 그렇게도 잘하는 나이지만, 내 돈에 대해 말할 때는 거짓말을 하였다. 다른 사람들처럼 부유하면서 가난한 체하고, 가난하면서 돈이 있는 체하며, 자기들이 가진 것을 절대 보여주지 않는 방식으로 마음속의 걱정을 덜어준, 꼴불견의 수치스러운 조심성이었다.

그런데 위험한 일은 이 욕망에 확실한 한계를 세워서 저축을 알맞게 그만두기가 쉽지가 않다는 일이다. 이 돈뭉치를 줄곧 키워가며, 작은 숫자를 더 큰 숫자로 불려 나가서, 결국엔 비천하게도 자기 재산을 즐겨볼 생각은 못 하고, 모두 간직해 조금도 쓰지 않는 수작만 하는 것이다. 내가 보기엔 돈을 모으는 사람은 모두가 인색한 자들이다.

그러니 넉넉함과 가난은 각자의 생각에 달린 것이다. 영광이나 건강과 마찬가지로, 부富도 그것을 소유하는 자가 생각하는 정도로 밖에는 좋은 것도 유쾌한 것도 못 된다. 각자는 자기 생각대로 잘 살기도 하고 못 살기도 한다.

운은 우리를 좋게도 나쁘게도 하지 않는다. 운은 우리에게 재료와 씨를 제공할 뿐이다. 행복 또는 불행의 유일한 원인은 우리의 마음이다. 그 자체로서 해롭거나 어려운 것은 없다. 우리의 마음이 약하고 비굴하기 때문에 그렇게 된다. 위대하고 고매한 일들을 판단하려면 그만큼 위대한 마음이 필요하다.

언젠가 미사 중에 신부님이 강론으로 '비우고 살라'를 강조하시기에 내가 씩씩대고 나온 적이 있다.

"아니, 채워진 적이 있어야 비우지. 자꾸 비우라고만 하시니 화가 안 나? 저런 말씀은 가진 것이 많아서 차고 넘치는 사람들한테 하셔야 하잖아! 뭘 어떻게 더 비우고 살란 말이야?!"

애꿎은 내 친구가 화 받이가 되어 내 말을 다 들어주었다. 내가 설마 신부님 말씀의 진의를 모르겠나. 저 비움의 의미를 몰라서 화가 났겠나. 그저 마음에 여유가 없어 그 말씀을 꼬아 들은 것뿐이다. 그러나 나는 내가 돈 버는 능력이 젬병이라는 걸 안다. 그러다 보니 정말이지 누구보다 욕심 없이 산다고 자부하고 있었고, 물질에 지배되지 않기 위해 누구보다 노력하고 있었다. 그런데도 그렇게 화가 났던 걸 보면 그 노력이 실은 내게 상당한 스트레스였던 모양이다. 나의 의식이 이 사실을 부정한다 해도 무의식은 솔직한 것이었다. 몽테뉴가 아무리 "풍부한 재산을 올바르게 소비하는 것보다는 가난 속에서 더 근심 없이 세월을 보낼 수 있다."고 해도 나는 좀 더 여유롭고 싶었던 것이다. 화가 나다 못해 펑펑 울고 싶었던 내 진짜 마음은….

몽테뉴의 얘기를 들어보면 재산이 많은 것도 그다지 마음이 편한 것 같지는 않다. 그런데도 나 같은 사람 입장에서 보면 걱정의 총량이 어차피 똑같다면 차라리 가진 사람으로 살면서 걱정하는 게 낫지, 싶은 것이다. 돈도 써본 사람이 쓸 줄 안다지만 암만 그래도 쓰고 싶은데 못 써서 걱정이지, 쓸 데가 없어서 걱정일까. 그래서 돈이 많아도 걱정이요, 돈 쓰는 것도 괴롭다는 몽테뉴의 말을 나는 당최 곱게만 받아들일 수가 없다.

그러나 몽테뉴는 그 정도의 사람이 아니다. 내가 그를 좋아하고 존경할 수밖에 없는 이유는 그가 인색한 사람이 아니었기 때문이다. 그는 "돈 쓰는 보람이 있고, 어디 소용 있는 일이 생기면 조심 없이 되는 대로 쓴다."고 했다. 돈을 써야 하는 일에는 과감히 썼다는 얘기다. 실례로 오랜 전란戰亂 동안 몽테뉴는 성문을 걸어두지 않았다. 어쩌면 프랑스에서 완전히 개방된 유일한 부잣집이었을 것이다. 누구든 들어와 먹고 잘 수 있었다. 한 번은 도둑들이 나쁜 의도를 갖고 들어왔다가 몽테뉴의 호인상好印象과 솔직함에 반해 자신들의 모의를 자백하고 그냥 돌아간 적도 있었다. 그가 쓰기 어렵다는 돈의 용처는 빈자와 약자를 향한 게 아니었다. 요즘으로 치면 그의 돈은 연탄 한 장을 사지 못해 냉기 가득한 방바닥에서 몇 겹의 옷을 껴입고 사는 쪽방촌 노인들, 치료비 부담으로 병원 문턱을 넘지 못하는 환자들, 종이박스를 이불 삼아 역 한편에 쪼그려 누워있는 노숙인들, 뼈만 앙상하게 남은 지구 반대편의 아이들을 위해 쓰였을 것이다.

그리고는 그 자신은 본인이 늘 말했던 그대로 살아갔다. "목숨의 일도, 재산의 일도 하늘에 맡길 뿐 최대한 무르게, 흐르는 대로 사는 것이 내 인생의 목표"라고 말한 그대로.

있는 사람이 쓸 때 잘 쓰는 일도 쉬운 일이 아니지만 몽테뉴는 그보다 더 나아가 사람들이 자기 재산을 도둑질할 수 있게 눈감아주는 사람이었다. 하인들의 도둑질을 '이삭 줍는 자의 몫'이라고 말하는 사람을 상상할 수 있는가. 이런 자세는 재산의 많고 적음을 떠나 그 누구라도 갖기 힘든 자세다. 인간에 대한 포용력이 범인들의 그것과는 다르다는 걸 단적으로 보여주는 예다.

그런데 그가 이렇게 되기까지의 과정이 참으로 흥미롭다. 그는 자신의 경제생활을 3단계로 나눠 설명하고 있는데 처음 30년 동안은 돈을 쓰고 싶은 대로 마음 놓고 썼다고 한다. 《에세》에는 자신의 연수입이 2천 에퀴가 넘는다고 나온다. 당시 그의 직업은 법관이었는데 이 액수가 지금으로 치면 정확히 얼마인지 모르겠지만 본래 부유한 집안의 자제였으니 봉급이 적었을지라도 돈이 부족하지는 않았을 것이다. 몽테뉴 스스로 "이보다 더 좋을 수는 없었다."는 표현을 썼을 만큼 철부지 부잣집 도련님다운 생활을 했던 것 같다.

두 번째 단계에 진입하면서 비로소 그에게도 경제 관념이 생기기 시작했는데, 이는 실제로 돈을 버는 단계이다. '번다'는 의미는 돈을 '모은다'는 것으로 이해되어야 할 것이다. 첫 번째 단계에서도 돈을 벌긴 했지만 축적하지는 않았다. 그런데 저축에 대한 그의 생각이 참으로 독특하고 교훈적이다. 돈을 저축하는 이유는 머지않은 미래에 그 돈을 쓸데가 있다는 생각으로 하는 것인데, 생각해보면 그 돈은 실재하는 무언가를 사기 위한 것이라기보다 쾌락을 사려는 것을 알게 됐다는 것이다. 저축의 양이 늘수록 거짓말이 늘고, 정작 자기 재산을 즐기지도 못한 채 자린고비 노릇만 하게 되어 급기야 그는 저축하는 버릇을 버렸다고 말한다.

저축을 그만둔 이후 그는 세 번째 단계로 들어간다. 그것은 소비가 수입과 맞아가게 하는 방식의 단계이다. 그는 현재의 일상적 필요에 충분하면 그것으로 만족하며 매일을 살아갔다. 논리로만 따지자면 세 번째 단계로 진입한 순간부터는 재산 증식의 속도가 두 번째 단계보다 줄었을 것인데, 하인의 도둑질을 '의식적인 베풂'으로 여길 정도가 됐다니 마음만은 더 부자가 된 게 틀림없다.

몽테뉴라는 사람이 위대한 이유가 있구나, 하면서도 한편으로는 신부님의 '비우고 살라'는 말씀만큼이나 그의 말이 허울 좋은 가르침으로 들리는 것도 사실이다. 아무리 검소하게 살아도 저축할 돈이 없어서 못 하는 나로서는 저축에도 절제와 중용을 실천하고, 돈도 많은데 마음마저 부자인 그가 영 아니꼽다. 빈자가 욕심을 내지 않는 일과 부자가 절제하는 일 중에서 후자가 더 힘들 것이라는 몽테뉴의 말에 온전히 동의할 수 없는 것도 그런 이유다. 어찌 됐건 그는 빈자로 살아본 적이 없으니까. 그렇다고 내려놓고 비우고 살기 위해, 오히려 베푸는 삶을 살기 위해 애썼던 그의 노력을 폄훼할 생각은 없다. 동의를 못한다고 해서 그에 대한 내 존경이 줄어드는 것은 결코 아니다.

내 마음이 뒤틀렸다고 비난할 수도 있겠지만, 우리 사회에 돈깨나 있다는 사람들에게서 우리가 기대하는 만큼의 심력心力과 아량을 보지 못하는 탓도 무시하지는 못할 것이다. 입만 열면 노동자와 약자의 권리를 말하면서도 사는 데는 강남이요, 자녀들은 특목고와 외국 유학에, 공개되는 재산만도 입이 떡 벌어지는 수준의 사람들이 널린 게 우리나라다.

그러니 괜한 자책은 안 하련다. 다행히 아직은 내 자존감이 돈 앞에서 초라함을 느낄 만큼 아주 낮지는 않은데, 그렇다고 미래에 대한 불안과 현재에 불만이 없다는 것 또한 거짓말이라 나는 정말이지 이 천민자본주의가 너무 싫을 뿐이다.

돈은 그냥 돈!

Montaigne's essai ∞∞∞∞∞∞∞∞∞∞

운으로 얻은 재산을 있는 그대로를 맛보려면 마음이 있어야 한
다. 그것을 소유함이 아니고, 누릴 줄 알아야만 행복하게 된다.

그 소유자가 건전해야만 획득한 재물을 잘 누린다. (호라티우스)

우리는 사물의 품질이나 그 유용성을 보는 것이 아니라, 단지 그
것들을 차지하기에 얼마만큼의 값을 치렀나를 보고는, 마치 그 값
이 사물의 실체인 것처럼 생각한다. 또 사물이 우리에게 가져오는

것을 가치라고 하지 않고, 그 사물을 위해서 우리가 갖다주는 것을 가치라고 한다. 돈을 치른 무게에 따라 딱 그만큼 그 사물을 본다.

우리는 사람들의 의견을 좇아 볼품만 꾸미다가 자신의 진짜 이익을 사기당한다. 우리는 우리 존재가 자기 자신에게 어떠한가보다도 사람들에게 어떻게 알려져 있는가에 더 신경을 쓴다. 정신의 기쁨과 지혜는 우리 자신만이 누려야 하는데, 우리는 그것들이 다른 사람들에게 호평받지 않으면 별로 성과가 없는 것처럼 여긴다.

많은 사람이 돈벌이 때문에 일의 노예가 된다. 나아가 남의 흥정에 노예가 되어서 계약서를 읽어나가고 서류 뭉치의 먼지를 털 것이라면, 세상에 더한 무슨 일을 못 할 것인가? 내게는 근심과 수고보다 더 비싼 것이 없다. 나에게는 느긋하고 무기력하게 살아가는 것밖에 바랄 거리가 없다.

나는 의무를 지거나 종속관계에 매이지 않을 수만 있다면, 남의 재산으로 살아가기에 알맞다고 생각한다.

자신에 만족하고, 자기가 가진 것을 존중하고, 자기가 보는 것이 가장 아름답다는 점을 인정하는 자들은 우리보다 총명하지는 못할지라도, 참으로 더 행복한 자들이다.

복권에 당첨된 사람들이 얼마 안 가 재산을 모두 탕진하고 그 이전보다 훨씬 더 불행한 삶을 사는 경우가 많다는 기사를 접한 적이 있다. 또 내가 본 어떤 책에서는 복권과 행복의 상관관계를 분석하면서 행복을 좌우하는 것은 강도가 아닌 빈도이기 때문에 복권 당첨이라는 엄청난 세기의 강도를 경험해도 그것은 한 번의 행복 혹은 단기간의 행복만 보장해줄 수 있는 것이라고 설명했다. 얼마나 맞는 얘기인지는 모르겠지만 마음이 좀 편해지는 건 사실이다. 돈 버는 재주도 없는데 행복하지도 못하면 너무 억울하다.

아마도 자기합리화를 하면서 나 스스로 최면을 걸고 있는 것이겠지만 나는 결코 돈에 지지 않겠다고 결심하곤 한다. 어떤 사람과 정당하게 싸워 지게 되는 경우, 나는 상대가 나보다 잘났거나 내가 가지지 못한 강점이 있어서 이긴 거라고 기꺼이 인정할 수 있다. 그런데 돈은 인격도 능력도 뭣도 없는 그냥 돈일 뿐이지 않나. 대체 내가 그 무생물 때문에 불행한 게 말이 되나?

명품으로 치장한 사람들을 부러워하지 않는 이유는 딱 하나다. 그 사람이 타인 앞에 자신을 그렇게밖에 내세울 수 없다는 사실을 불쌍하게 보는 것이다. 물론 상대는 반대로 나를 보겠지만.

홈쇼핑에 나오는 쇼호스트들을 보면서도 비슷한 생각을 한다. 몇백만 원 짜리 물건들이 순식간에 팔릴 때는 대체 우리나라 경제가 불황이 맞나 싶기도 한데, 아무튼 그 물건들을 사고 싶게 만드는 쇼호스트들의 상술을 듣고 있자면 대체 저들은 물질의 가치에 얼마나 스스로 세뇌당하고 있을까 안쓰러운 마음이 드는 것이다. 아마 본인들은 그 사실을 느끼지 못하고 있을지도 모른다. 자본주의 사회를 사는 대부분의 우리가 그렇듯이.

자본주의 체제라는 틀에서 보면 나는 무능력하고 쓸모없는 인간이다. 어느 날 내가 정말 재미있게 홈쇼핑을 보고 있으니 딸아이가 이해할 수 없다는 표정으로 나를 보는 것이다. "엄마는 사지도 않으면서 왜 맨날 홈쇼핑을 봐?"

사실이다. 나는 홈쇼핑을 보면서도 웬만하면 물건을 주문하지 않는다. 이따금 주문하는 것들을 보자면 필수품 특히 공산품이다. 그런데 그것을 왜 보냐면 세상 물정은 알아두기 위해서다. 대화 중에 사람들이 내 눈치를 보게 만들지 말자는, 상대를 위한 최소한의 배려랄까.

다른 사람들은 다 사는 것을 나는 왜 못 사고 있나, 하는 피해의식은 별로 없다. 아직은 내 정신 상태가 그렇게 망가지지는 않았다. 어쨌거나 돈한테 지기는 싫다. 돈한테 지배당하고 싶지는 않다.

그런 의미에서 나는 사실 남편에게 고맙고 미안하다. 내가 벌이는 돈과의 사투는 어쩌면 사치다. 이렇게 사는 것이 결코 쉬운 것은 아니지만(나도 힘들다), 그래도 나는 내 자존심은 지키면서 살고 있다. 그에 비해 돈을 버는 가장으로 사는 내 남편은 아마도 밖에서 노예로 살고 있을 것이다. 돈벌이하는 사람이라면 대체로 비슷한 처지겠지. 몽테뉴가 아무리 돈벌이를 이유로 일의 노예가 되지 말 것이며, 자신이 가진 것에 만족하라고 얘기해도 현실은 별수 없는 것이다. 남의 재산으로 사는 것은 어찌 됐든 '의무를 지거나 종속관계에 매이게 됨'을 의미하는 것이니까.

그래도 우리, 불행하지는 말자. 돈이 없는 게 불편한 일일 수는 있어도 불행한 일은 아니라고 여기면 좋겠다. 유명한 여배우가 탄생시킨 이 명언도 가슴이 새기고 말이다.

"돈이 없지, 가오가 없냐?"

7장

연결되어
있음을
잊지 마라

페이스북! 아, 페이스북!

Montaigne's essai ∞∞∞∞∞∞∞∞∞

나는 아무리 경박하고 허황된 생각이라도 인간의 정신적 행위에 맞지 않는 것은 없다고 본다. 판단력에 옳고 그름을 결정 내릴 권한이 없는 우리로서는 여러 가지 반대되는 사상들도 부드럽게 보아주며, 판단은 내리지 않는다고 해도 그 말에 쉽사리 귀를 기울여 준다. 비속하고 터무니없는 의견들 역시 아무 생각이 없는 것보다는 낫다.

판단의 모순은 내게 역하지도 않고, 그것이 나를 바꾸지도 않는다. 다만 내 정신을 잠 깨워 단련시킨다. 우리는 교정矯正을 피한다. 어떤 반대에 부닥치면 사람들은 그것이 정당한가를 보지 않고, 옳건 그르건 어떻게 거기서 벗어날 것인가만을 생각한다. 우리는 팔을 내밀기는커녕 발톱을 내민다.

우리의 사상은 서로 다른 사상을 기초로 해서 이해된다. 첫 번 사상은 다음 것의 줄거리가 되고, 다음 사상은 셋째 것의 줄거리가 된다. 우리는 이렇게 한 계단 한 계단 올라간다.

자기의 우월감과 상대편에 대한 경멸감보다 우리를 민감하게 만드는 것은 없다. 이성적으로 보자면 논리가 약한 편이 도리어 고마운 마음으로 자기를 교정하여 바로 세워주는 상대방 의견들을 수용해야 할 일이라고 본다. 사실 나는 나를 두려워하는 자들보다도 나를 거칠게 다루는 자들과 더 자주 사귀려고 한다. 우리를 숭배하고, 우리 앞에 자리를 물려주는 자들과 상종하는 쾌락은 멋쩍고 해롭다. 나는 열을 올리며 토론하다가 상대편이 약해서 승리할 때의 쾌감보다도 상대편의 올바른 이론 앞에 내가 굴복할 때 나 자신이 얻는 승리감에 훨씬 더 큰 자존감을 느낀다.

그러나 아무런 형태도 없이 오는 무차별적인 공격은 참아내지 못한다. 나는 논법의 힘과 꾀보다는 질서를 요구한다. 사람들이 격에 맞게만 대답한다면 내게는 항상 좋은 대답이다.

어리석은 자와 성실하게 토론하기는 불가능하다. 밀어붙이기식으로 상대하기 벅차게 나오는 자의 손에 걸리면 내 판단력뿐만 아니라 양심마저 썩어 버린다.

내가 이렇게 오래 주의하여 나를 고찰하는 노력은, 남의 일도 어지간히 판단할 수 있게 나를 수련시켜 준다. 나는 어릴 적부터 내 인생을 다른 사람의 인생에 비춰보는 수련을 쌓았다. 그리고 이런 일을 생각해볼 때는 용모·기질·사상 등 거의 다 놓치지 않고 주목한다. 나는 피해야 할 일, 좇아야 할 일 등 모든 것을 연구한다. 이렇게 해서 친구들이 밖으로 표현하는 말과 행동으로 그들 마음의 움직임을 알아본다.

나는 SNS를 하지 않는다. 정말 오래전에 어떤 필요에 의해 페이스북(이하 페북)을 잠깐 했는데 목적이 사라지면서 이용 가치도 사라져버렸다. 사실 그 이후에도 주변의 페북 사용 권유가 끊이지 않았다. 책을 쓰게 되면서 그 권유의 강도는 좀 더 세졌는데, 출판사 입장도 이해가 되는 것이 요즘은 저자들이 활발히 홍보를 해줘야 한다는 것이었다. 속으로는 '그건 제 영역이 아닌 걸요….'라고 외치고 있지만 홍보에 소극적인 저자를 달가 워할 출판사는 없다. 극소수를 제외하고는 요즘 출판사들 사정 이 그리 좋지 않기 때문이다. 홍보 수단이 꼭 페북일 필요는 없 지만 그것을 대체할 만큼의 확실한 무엇이 없는 이상 페북 활 동은 출판사를 위한 '최소한'의 배려이자 예의였다.

그런데도 내가 페북을 하지 못하는 데는 몇 가지 이유가 있 다. 첫째는 내 무지이다. 난 아직도 페북의 시스템을 모른다. 내 담벼락에 글을 올리는 것, 다른 사람들의 글에 '좋아요' 누르기 와 댓글을 다는 정도만 대충 안다. 가끔 휴대폰으로 페북을 열 면 자꾸 글들이 바뀌거나 이미 봤던 글이 반복되는 등 이상한 현상이 생기곤 한다. 난 도무지 그 현상들을 이해하지 못하겠 다. 메신저 기능은 얼마 전에 아이들에게 물어 겨우 알았다. 도 무지 이해하기 어려운 앞의 현상들도 물어보고 싶지만 내가 제 대로 아이들에게 설명할 엄두가 나지 않아 포기했다. 가끔 친한 지인들이 내 담벼락에 누군가 글을 남겼으니 확인하라고 문자 로 알려주어 들어가는 경우도 있다. 한 마디로 나는 '페북치'다.

둘째, 페북의 의미를 찾기가 어렵다. 트위터나 인스타그램 등 유명한 다른 SNS들도 있지만 아직은 페북을 능가할 만한 플 랫폼이 없는 것 같다. 전 세계인을 상대로 관계를 만들고 넓히 는 데 최고의 '연결고리'인 것이다.

문제는 페북이 인기를 끄는 바로 그 이유가 나에게는 최대의 난관이라는 점이다. 각자의 성향에 따라 친구의 범위를 설정할 수는 있지만 기능적으로 페북 사용자는 절대 '섬'이 되지 않는다. 섬과 섬을 연결해주는 것이 페북의 존재 이유니까. 그런데 나 같은 완전 구식에 아날로그인 사람은 불특정 다수와 친구가 된다는 발상 자체가 불편하다. 그들의 진심을 내가 과연 공감할 수 있을까. 상대의 이름과 단순한 신상정보와 그들이 공개하는 일상을 보고 거기에 '좋아요'와 댓글로 응답한다고 해서 진정한 의미의 친구가 될 수 있는가에 상당한 의구심이 있다. 디지털 시대 관점에서 볼 때 나는 사회 부적응자다.

어쨌든 그 연결성이라는 것이 온라인 공간에서 얼마나 실현되는지는 모르겠으나 어쩌면 내가 미처 알지 못하는, 꽤 깊고 복잡하게 얽히고설킨 관계가 형성되어 '연결'의 참뜻을 느끼는 사람들도 있을 것이다. 그러나 만나는 게 쉬운 것처럼 헤어지는 것도 꽤 쉬워 보이는, 따뜻해 보이면서도 차갑고도 냉정한 무서운 공간이라는 느낌을 지울 수가 없다. 실제로 나는 기분에 따라 충동적으로 친구를 맺었다 끊는 것을 반복하는 사람들을 보았는데, 어떤 사람이 자신의 그런 행동에 일말의 죄책감을 느끼자 누군가 '페북 공간에서 그런 행위는 일상적이니 불필요한 감정 소모를 하지 말라'는 댓글을 쓴 것을 보고 경악을 금치 못한 적이 있다.

더 무서운 것은 이 시대의 모든 기록은 언제든 흑역사 채집이나 먼지털기용으로 악용될 수 있다는 점이다. 그래서 SNS 활동엔 어쩌면 대단한 용기와 대담성이 필요할지도 모른다는 생각이 드는 것이다. 내가 너무 겁이 많은 걸까.

가장 큰 이유는 바로 이것이다. 앞에서 말한 특수목적성이라는 것이 나의 정치 성향과 관계돼 있는데 대한민국 국민 다수가 정치전문가들이지만 내 페친의 상당수는 그 정도가 좀 더 심한 사람들이다. 하나의 이슈가 발생하면 그 안에서도 극명히 갈리는 내 편과 네 편. 그 이슈가 다른 이슈로 덮일 때까지 사적인 일상은 찾아보기 힘들고, 일방적 주장이 난무하고, 일차원적 분노가 넘쳐나는 피로한 공간으로 탈바꿈한다. 그 안에서 진정한 논쟁은 없고 상대에 대한 혐오, 저속한 공격이 반복된다. '좋아요' 개수가 많다고 옳은 것도 아니고, 이기는 것도 아닌데.

사실 나는 예전에 한창 인기 있었던 〈아고라〉라는 인터넷 서비스를 좋아했다. 온라인상에서 건강한 토론이 이루어지던 유일한 공간이었다고 기억한다. 안타깝게도 그 공간은 폐쇄되었고 지금은 대형포털 사이트에서 거른 기사에 길들여져 사람들은 점점 더 수동적이고 단편화한 인식 수준을 가지고 기사 댓글을 다는 정도의 단순 작업을 해댈 따름이다. 토론다운 토론의 실종에 시스템조차 허술해지니 선거 때마다 댓글 조작과 관련된 범죄가 끊임없이 발생한다. 상황이 이 지경이니 온갖 주장이 난무해도 의견 개진의 장場으로서 페북이 존재한다는 사실에 감사해야 할지도 모르겠다.

그러나 공보, 메시지 작성이라는 과거의 내 주된 업무가 얼마나 나를 지치게 하고 망가뜨렸는지 늘 상기하며 사는 나로서는 그 감사가 그리 쉬이 나올 리 없다.

"여러 가지 반대되는 사상들도 부드럽게 보아주며, 판단은 내리지 않는다고 해도 그 말에 쉽사리 귀를 기울여 준다."는 몽테뉴의 태도가 나에게 큰 의미를 줄 수밖에 없는 이유다. 나아가 말과 글이 넘쳐나는 지금 이 시대의 우리 모두가 갖춰야 할 자세가 아닐까 싶다. 비속하고 터무니없는 의견이라도 아무 생각이 없는 것보다는 낫다고 말할 줄 아는 것은, 내 말을 하기 위해서가 아니라 상대의 말을 듣기 위해 토론을 하려는 사람이 아니고서야 쉬운 게 아니다. 우리는 차라리 아무 생각이 없다면 입을 다물어주기를 바라지 않나.

"나는 열을 올리며 토론하다가 상대편이 약해서 승리할 때의 쾌감보다도 상대편의 올바른 이론 앞에 내가 굴복할 때 나 자신이 얻는 승리감에 훨씬 더 큰 자존감을 느낀다."는 말 앞에서는 아무런 대꾸를 할 엄두가 안 난다. 그가 내 앞에 있다면 자연스럽게 무릎을 꿇게 될 것 같다.

몽테뉴의 자세가 범인들이 흉내 낼 수 없는 고차원의 것일
순 있다. 또한 그런 자세를 갖지 못한다고 해서 페북 사용을 자
제하자고 할 마음은 없다. 의미가 있든 없든 이 시대에 페북만
큼이나 '연결'을 현실화할 수 있는 공간은 많지 않으니 말이다.
돌궐제국의 명장 톤유쿠크Tonyuquq의 비문에 새겨진 "담을 쌓는
자는 망하고, 길을 닦는 자는 흥한다."는 말처럼 이 세상은 단절
을 넘어 연결의 가치를 한층 높여야 한다. 통제 불가 상태의 개
인주의와 이기주의, 극단화한 양극화 속에 '함께'라는 결속의
의미는 결코 축소되어서는 안 되기 때문이다. 다만 언제든 다시
섬으로 돌아갈 수 있는 불안한 연결을 해소할 방안은 찾아야 할
것 같다. 그건 절대 기술이 해줄 수 없는 일이다.

그런 의미에서 "오늘 당장 당신부터 페북을 다시 시작하라."
고 한다면 미안하지만 그건 좀…. 이런 모순덩어리! 그래도 어쩔
수 없다. 나는 페북에 최적화한 인간이 못 된다. 대신 책을 열심
히 쓰겠다. 나는 구식에 뼛속까지 아날로그인 심지어 16세기 사
람에게 반해 그를 소울메이트라 여기며 사는, 디지털 시대의 아
니 4차 산업혁명 시대의 원시인이니까. 그런 나를 조금은 불쌍
하게 여겨주기를.

프롤로그 플러스

Montaigne's essai ∞∞∞∞∞∞∞∞

우리의 풍습은 자기 말을 하는 것을 악덕으로 본다. 사람들은 언제나 자기 자랑하는 것을 미워하기 때문에 이것을 완고하게 금하고 있다. 그러나 나는 이것은 좋은 점보다는 나쁜 점이 더 많다고 본다. 사람들에게 자기 말을 하는 것이 필연적으로 자만이 된다는 것이 사실이라고 해도 자신의 의도에 따라서 하고 싶은 말을 하는 것을 거부해서는 안 되며, 자신의 결점을 숨겨 두어서도 안 된다. 후자(자신의 결점을 말하는 것)는 내가 성실히 실천하고 있는 일이다.

내가 글 쓰는 것은 내 몸짓이 아니다. 그것은 나다. 내 본질이다. 나는 자기를 평가함에는 신중해야 하며, 천하게 보여주든 고상하게 보여주든 자기를 보여줌에는 양심적이라야 한다고 생각한다.

만일 내가 내게 좋거나 현명하거나 또는 그런 것에 가깝게 보인다면, 나는 힘껏 소리 높여서 내 말을 하겠다. 실제 있는 것보다 더 못하게 말하는 것은 어리석음이지, 겸손이 아니다. 아리스토텔레스에 의하면, 자기 가치보다 못한 짓을 하는 것은 비겁한 짓이고 겁쟁이의 짓이다. 어떠한 도덕도 거기에서는 도움을 받지 못한다.

진리는 결코 잘못의 소재가 되지 못한다. 실제보다 더하게 자기를 말하는 것이 언제나 교만이 되는 것은 아니다. 그것 역시 어리석음에서 나온다. 실제 있는 것보다 지나치게 잘났다고 생각하곤 분별없이 자기 자랑에 빠지는 것이, 내 생각으로는 이 악덕의 실체이다. 그것을 고치는 최상의 치료법은 자기를 더 많이 말하게 해서 더욱더 많이 자기 자신에 대해 생각하도록 만드는 것이다. 자존심은 사상 속에 있다.

우리는 자기를 솔직하게 비판하는 소리를 듣기 위해서 강인한 귀를 가질 필요가 있다. 그리고 속이 쓰리다고 느끼지 않으면서 남의 비판을 참고 듣는 자는 드문 까닭에, 우리에게 감히 비평을 시도하는 자는 특별한 우정의 표시를 보여주는 것이다.

선량한 학도라면 자신에게서 얻은 경험만으로도 충분히 자신을 현명하게 만들 것이다.

카이사르의 인생이 우리들 인생보다 더 나은 본이 될 것은 없다. 제왕의 인생이든 평범한 사람의 인생이든 모두 인간사에 관련한 인생이다.

나는 인류와 개인을 발길에 차인 길거리의 돌 같이 보지는 않는다. 나는 모든 일에 두려움을 품고 헌신하기를 배우며, 이것을 잘 조절하려고 노력한다. 사람은 한 바보에 지나지 않는다는 것을 배워야 한다. 이것이 훨씬 더 충만하고 중대한 가르침이다.

몽테뉴가 《에세》를 쓰게 된 이유는 거창한 게 아니었다. 그저 자기 식구들과 후손에게 자신이 어떤 사람인지 알려주려는 소박한 출발이었다. 1572년에 집필을 시작해 8년 뒤인 1580년에 초판을 발행했으니 애초부터 출판이 목적이었던 것도 아니다. 그러나 기대와 달리 출간된 책이 인기를 끌고 자신의 변화 과정을 계속 덧붙이며 써나가다 보니 어느덧 20년이란 긴 세월 동안 자신의 모든 희로애락과 삶의 디테일이 《에세》에 담기게 되었다. 한국어판에는 많은 부분이 빠져 있지만 원본(원본에 대한 논쟁은 차치하기로 한다)에는 자신이 어떤 자세의 성행위를 좋아하는지 같은 지극히 사적이어서 불필요해 보이는 정보, 시쳇말로 TMI Too Much Information도 상당하다고 한다.

'연결'을 위한 가장 중요한 요소는 공간의 밀접성이다. 공간이 멀어지면 자연스레 연결이 느슨해지거나 끊긴다. 쉽게 말해 몸이 가까워야 한단 얘기다. 오늘날의 사회는 폐쇄적 구조의 생활공간과 잦은 이주, 범죄의 증가가 공간을 막아버리면서 심리적 친밀감의 형성을 차단했다. 페북이든 뭐든 SNS가 인기를 끄는 이유는 오프라인의 멀어진 거리를 온라인상에서 밀접한 거리로 이끌어주기 때문이다.

이론적으로는 외로움의 틈을 콘크리트로 막아주는 것처럼 보이지만 실제로 외로움이 덜해지는지는 잘 모르겠다(내가 SNS 사용자가 아니라서 그렇다). 다만 일부 사용자 중에 '좋아요' 개수와 페친의 수에 따라 행복과 불행이 좌우되기도 한다는 어느 분석 기사를 본 이후로 나는 끊임없이 그들이 자신을 드러내는 행위가 순수한 의미의 관계 형성으로 볼 수 없다고 조심스럽게 결론을 내리고 있다.

물론 그들의 행위나 내 행위나 본질적으로 다를 것은 없다. 플랫폼이 다를 뿐 나 역시 책을 쓴다는 행위로 계속 나를 드러내고 있으니까. 페북보다는 속도가 더디고 간접적인 반응이 있을 뿐이지만. 아! 큰 차이가 하나 있긴 하다. 페북과 달리 책을 쓰는 일은 외로움을 자처한다는 점이다. 사람에 따라 다르겠지만 나나 내가 아는 많은 작가가 집필 기간에는 인간관계를 내려놓는다. 인터넷, 휴대폰도 안 되는 산속으로 들어가는 경우도 많다. 솔직히 나도 가끔은 그런 환경을 원하기도 한다. 하지만 아이들의 밥 걱정 때문에 집과 근처 카페, 독서실로 만족하고 있다. 어쨌든 최대한 주변 관계를 정리한 채 내 안으로 침잠한다. 글 감옥이라고 하는 표현이 딱 맞다. 공간을 불문하고 자발적 수감생활을 청한다. 그런데도 나의 글 쓰는 행위는 나도 세상과 그리고 다른 사람들과 연결되고 싶다는, '섬'으로 살지 않겠다는 발악이 분명하다.

프롤로그에서 이 책을 쓰게 된 계기를 간단히 밝혔다. 어쩌면 나에게는 본문보다 프롤로그가 중요할 수도 있는데, 일부러 솔직하고 짧게 쓰려고 노력했다. 구구절절 말할 수도 없었다. '운명'과 '인연'이라는 두 단어로 충분했기 때문이다. 나는 운명처럼 《에세》를 만났고 《에세》를 통해 몽테뉴와 인연을 맺었다. 혹시 내 전생의 모습이 아니었을까 싶을 만큼 그에게서 나를 찾는 일은 너무나 자연스러워서 어떻게 그가 16세기 사람일 수 있는지 의아스럽기만 하다. 아니면 내가 21세기 사람이 아닌 걸까.

《에세》라는 제목에서도 알 수 있듯이 이 책이 '에세이'라는 장르의 시초다. 자기 자신을 온전히 드러내되 자기 평가는 신중하게, 표현은 양심적으로 해야 한다는 것이 몽테뉴가 에세이를 쓰는 원칙이었다. 그는 겸손이 반드시 미덕이라 할 수 없으며, 나르시시즘과 교만은 구분되어야 한다고 말한다. 자신의 말을 많이 하는 것이 악덕이 아니라 자기 자신에 대해서 깊이 생각하지 않는 것이 문제라고도 일갈한다.

나는 이번 책을 전작과 다른 방식으로 쓰고 싶었다. 내 일이 좋은 영화를 소개하는 것이기에 늘 영화 얘기가 주±가 되었는데 이번에는 몽테뉴가 《에세》를 집필한 똑같은 방식으로 글을 써보고 싶어 영화를 부剛로 처리했다. 그러나 두려웠다. 전작들에서는 실제 내 얘기를 그렇게 부각하지 않았는데도 일부 독자들은 강한 내 의견 표출이 불편했나 보다. 그러나 비판이 있다면 그마저도 겸허하고 감사하게 받아들여야 한다고 생각한다.

그런데 정작 내가 중요하게 생각해야 할 것은 다른 것이다. 나 자신을 얼마나 드러냈느냐보다 얼마나 솔직했느냐 하는 점. 그런 면에서 나는 진심으로 반성할 게 많았다. 나에게 지나친 조심성이 엿보였거나 혹은 나를 좀 더 나은 사람으로 보이도록 애쓴 흔적이 있다면 그것은 백번 나의 잘못이다. 교만을 넘어선 나르시시즘이다. 몽테뉴의 표현대로 악덕일지도 모르겠다.

한 가지 바람이 있다면 내 얘기를 너무 특수하게 보지는 말아 달라는 것이다. 한 번만 더 생각해보면 특수성 안에는 보편성이 숨어 있고, 일반성 안에서도 개별성이 존재하기 마련이다. 세상에 남의 일인 게 없으니, 혹 조금의 특별함이 있다 해도 공감 못 할 일 역시 없다고 본다. 《에세》가 후대의 수많은 독자에게 이질감을 주지 않는 것처럼, 내 얘기 역시 특별해봤자다. 아, 물론 내가 몽테뉴와 나를 동급 취급하는 것은 아니다. 내가 그렇게 무모한 사람은 아니다.

　위인이든 범인凡人이든 한 개인의 인생은 예외 없이 다 드라마다. 그리고 각각의 드라마 안에 우리가 알아야 할 진리와 철학이 다 녹아있다고 믿는다. 그러니 나는 이대로 계속 내 얘기를 하련다. 신중하고, 양심적으로, 솔직하게. 영화가 주가 될지 부가 될지는 상황에 따라 달라질 수 있겠지만 나와 세상, 나와 타인을 연결해주는 책이라는 고리를 난 끊지 못한다. 아니 끊지 않을 것이다.

선의를 가장한 폭력

Montaigne's essai ∞∞∞∞∞∞∞∞∞

사람들은 그들(루앙에서 만난 브라질의 투피남바 원주민들)에게 우리의 생활 방식과 화려한 의식과 아름다운 도시의 형태 등을 보여주었다. 그런 다음 누군가가 그들에게 무엇을 보고 가장 감탄했는가를 물어보았더니, 그들은 세 가지를 대답했는데 아깝게도 나는 그중의 마지막 것은 잊어버렸다.

첫째로, 가장 이상하게 본 것은 왕의 주위에 수염을 기르고 힘세고 무장한 많은 훌륭한 사람들이 한 어린아이에게 복종하고 있으며, 자기들 중에서 지휘자 하나를 뽑아내지 않고 있는 것이 대단히 이상하다 했다.

둘째로, 우리 중에 모든 종류의 좋은 것을 혼자서 잔뜩 차지하고 있는 사람들이 있는데, 그들 문 앞에 찾아오는 반쪽(그들은 자기들이 말하는 방식으로 타인을 서로 반쪽이라는 이름으로 부른다)들은 배고픔과 가난으로 바싹 말랐으며, 또 이 반쪽들은 이렇게 곤궁한 속에서 어떻게 이 부정의를 참아낼 수 있는지, 어째서 그들은 다른 자들의 멱살을 잡든가 그 집에 불을 지르지 않는지 이것이 대단히 이상하다고 하였다.

그들은 아직도 인간의 법률이 아닌 자연의 법률에 지배되고 있다. 그들은 새 땅을 정복하려고 싸움을 걸지 않는다. 왜냐하면 그들은 아직도 대자연의 풍요를 누리며, 노동도 수고도 없이 그들에게 필요한 모든 것을 풍부하게 공급받고 있기 때문에, 영토를 넓힐 필요가 없는 것이다. 그들은 아직도 그들의 본성이 필요를 느끼는 정도밖에 욕심을 내지 않는 행복한 상태에 있다.

"잠가둔 곳은 절도를 유인한다. 강도범은 열린 집을 놓아두고 지나간다." (세네카)

아마도 내가 내 집 문을 들어오기 쉽게 개방한 것이, 내란의 난폭함에서 내 집을 수호하는 다른 방법들보다 더 쓸모 있었을 것이다. 방어는 공격을 유인하고, 불신은 침해를 끌어들인다. 내 집 문을 지키는 자는 예부터 부려온 예의를 잘 지키는 문지기로서, 내 문을 지키기보다는 차라리 점잖고 얌전하게 열어주는 역할밖에는 하지 않는다. 내게는 별들이 파수를 보아주는 것밖에, 수비병도 파수병도 없다.

내란에서는 자기 하인도 자기가 두려워하는 (상대편) 당파에 속할 수 있는 일이다. 그리고 신앙 문제가 구실이 되는 시기에는 인척들까지도 정의를 구한다는 탈을 쓰고 나서니 믿을 수 없다.

국가의 재정은 우리 개인의 군대까지 보살펴주지 않는다. 그러다가는 국고가 말라붙을 것이다. (그러나) 개인의 힘으로 수비병을 기를 생각을 하다가는 망할 뿐 아니라, 더 언짢고 비참한 일로 국민의 생활을 파멸시키게 될 것이다. 국민이 파멸되느니 내 집이 망하는 것이 덜 언짢은 일일 것이다.

내가 터놓고 말하면, 상대편도 터놓고 말하게 된다. 그리고 마치 술이나 사랑과 같이 그의 속내를 밖으로 끌어낸다.

"자신의 친우는 역시 타인의 친우임을 알라." (세네카)

1562년 29살이던 몽테뉴는 보르도 고등재판소의 사절 자격으로 샤를 9세를 모시고 루앙Rouen으로 가게 된다. 루앙은 그해 4월 위그노 군에 의해 점령된 후 10월에 다시 샤를 9세에 의해 탈환된다. 몽테뉴는 루앙에서 샤를 9세와 함께 브라질에서 온 투피남바 원주민 세 명을 만난다. 이 일은 이후 몽테뉴의 세계관에 매우 큰 영향을 미치는 사건으로 그가 피론회의주의에 심취하고 상대성과 다양성의 가치를 정립하게 만드는 기원이 된다.

자연의 일부로서 연결되는 인간과 자연, 서로를 '반쪽'이라여기는 인간과 인간의 연결. 몽테뉴는 그들에게서 가장 완벽한 형태의 정의와 행복을 보게 된다. 모든 것이 순리대로, 인위적인 것 없는 자연스러움으로 아귀가 완벽히 들어맞는다. 반대로 문명화한 화려함 속에는 상대에 대한 배려와 이해가 없는 폭력적인 비인간성만이 가득하다.

몽테뉴가 루앙에 갔던 그해, 누구도 짐작하지 못했겠지만, 바로 그해부터 30년 동안 프랑스 내전이 시작된다. 내란의 직접적인 원인은 파리 부근에 있는 바시Vassy에서 예배 중인 신교도들을 가톨릭 강경파의 수장인 앙리 드 기즈Henri de Lorraine Guise 공의 군대가 침입해 무참히 학살한 '바시학살사건' 때문이다. 그해 1월 신교도에게 집회의 자유를 인정하는 '정월칙령'이 반포

되었는데, 이에 신교의 세력이 팽창하게 될 것을 우려하여 구교 측이 먼저 공격하였고 이후 신교 측이 반격에 나서면서 8차례에 걸친 내란이 본격화한 것이다.

전쟁이 길어지면서 일반 백성의 삶은 점점 힘들어졌다. 적의 구분이 모호해졌고 군인들이 죄 없는 일반 백성을 상대로 약탈하는 일도 늘어났다. 참다못한 백성은 전쟁의 광란을 피해 피난길을 자처했다.

몽테뉴는 불쌍한 백성을 위해 자신의 집 문을 활짝 열어놓았다. 누구든 들어와 먹고 잘 수 있도록 말이다. 그의 개방원칙은 단순히 불필요한 공격을 피하기 위한 묘책이 아니었다. 그것은 베풂이고 자비이며 사랑이고, 용기이자 이해심이자 나아가 애국심이었다. 그런데 이것은 일면 맞는 얘기이지만 또한 맞지 않는 얘기다.

한참 전의 일인데 길에서 휠체어를 타신 어떤 분이 횡단보도 앞에서 주춤거리시기에 내가 다가갔다. 휠체어가 무언가에 걸려 잘 작동되지 않는 것 같았다.

"좀 도와드릴까요?"

그랬더니 그분이 나를 쳐다보시지도 않고 이렇게 대답하셨다.

"그냥 가세요. 제가 도와달라고 하지 않았잖아요."

나는 당황했다. 그리고 정말로 불쾌했다. 내 선의를 이렇게 무시하다니! 주변 사람들에게 그때 상황을 얘기하며 혹시 내 행동에 무슨 문제가 있었는지 물어봤다. 그러나 질문을 받은 대부분의 사람이 내 행동에 별다른 문제를 느끼지 못했고, 그 날 그분의 심기가 좋지 않았나 보다며 단순한 해프닝으로 여기라고 조언했다.

한동안 나는 그 일을 잊고 지냈다. 그런데 그분이 느꼈던 감정의 실체를 알게 되는 다른 사건을 겪게 되었다. 한창 빚을 갚느라 힘든 때였다. 친한 선배가 나에게 일자리를 제안하기에 고민해보겠다고 했다. 당시 내가 하고 있던 일이 나와 잘 맞지 않아 이직이 절실한 상황이긴 했지만 그날 하루를 고민해보니 선배가 제안한 일 역시 나와 꼭 맞는 일은 아니라서 전화를 걸어 거절을 했다. 그 선배가 당시 내 처지를 얼마나 세세히 알았는지는 모르겠다. 어찌 됐든 나를 위해 마음을 써준 게 고마워서 거절과 함께 감사를 전했는데 선배의 반응이 전혀 뜻밖이었다..

"너 아직 덜 고프구나?"

'덜 고프다'였는지, '덜 고달프다'였는지 정확한 표현은 기억나지 않는다. 그저 조롱과 비슷한 말의 톤과 분위기만이 생생히 기억날 뿐이다. 그런데 정말 이상하게도 그 순간 나는 휠체

어의 그분이 딱 떠올랐다. 그리고 정확히 알게 되었다. '아, 이
것이로구나!'

도움은 필요한 사람이 요청할 때 주는 것이어야 한다는 것
을, 정말이지 태어나서 처음으로 알게 되었다. 도움이란 그저
좋은 가치이고, 주고받는 것이 미덕이라 알고 살았다. 받는 것
보다 주는 기쁨이 얼마나 큰 것인지에 대해 배웠고, 살면서 경
험으로 자연히 알게 되기도 했다.

요청받지 않은 것에 대해 일방적으로 주는 도움이란 받는 사
람 입장에서는 폭력이 될 수 있다는 것, 도움이 필요해 보이는
사람이라고 해서 상대의 호의를 무조건 다 받아야 하는 게 아
니라는 것을 알게 된 순간, 그날 그분한테 보였던 내 마음은 그
저 선의만으론 볼 수 없는 것이었다. 그분한테 받았던 불쾌함
은 선배한테 받은 상처에 비하면 아무것도 아니었다. 나는 뒤
늦게 그분한테 미안함을 느꼈다. 선의로 가장한 폭력에 그분은
얼마나 많은 상처를 받으며 사셨을까.

정확히 그 사실을 인식하게 됐지만 예외가 있다. 상대가 아
이일 때, 그리고 노인일 때. 이 예외를 제외하고 나는 일방적으
로 내가 도움을 줘야 한다는 생각은 하지 않는다. 반대로 내가
도움이 필요할 때는 언제든 적극적으로 도움을 요청한다. 예전
에는 나나 내 아이들이 도움이 필요한 상황에서 빤히 우리를

보고 지나치는 사람들을 나쁜 사람 혹은 몰인정한 사람으로 치부할 때도 있었다. '아니 어떻게 그냥 갈 수가 있지?' 하면서. 이제는 그렇게 생각하지 않는다. 내가 도움을 요청하지 않았기 때문이라고 생각한다.

앞서 몽테뉴의 개방원칙에 대해서 맞고도 맞지 않는 얘기라고 말했는데, 누군가가 다른 누군가에게 '일방적으로' 주는 힘 또는 돌봄을 도움이라 본다면 몽테뉴의 개방 행위는 베풂이고 자비이며 사랑이고, 용기이자 이해심이자 나아가 애국심인 게 맞다. 그러나 몽테뉴는 투피남바의 원주민처럼 국민을 '반쪽'이라 여겼을 법하므로, 반쪽이 반쪽에게 행하는 것은 도움이 아닌 것이다. 자신이 시혜자, 국민이 수혜자라는 단순한 사고방식으로 행한 일이 아닐 거란 얘기다. 오히려 그는 자신에게만 안전한 공간을 제공한 신의 처사가 부당하다고 여겼을지 모른다.

연결은 내가 내민 손을 상대방이 잡았을 때 이루어진다. 손을 먼저 내민 것이 대단한 것인지, 내민 손을 따뜻하게 잡아주는 게 대단한 것인지 따질 필요가 없다. 주고받음에 일방성만이 존재할 수 없다. 세상 누구도 타인의 도움 없이 혼자 살아가지 못한다. 내가 주는 것은 언젠가 남으로부터 받은 것일 뿐이다. 혹 남에게 받은 어떤 도움이 감히 갚을 수 없는 높은 차원의 것이라면 신이 잠깐 사람의 모습으로 나타나 나에게 손을 내밀어준 것으로 생각하면 된다. 기적은 있는 것이니까. 그렇게 우리는 다 연결되어 있다. 죽음조차도 그렇다. 내 삶과 죽음은 물론이고, 사랑하는 사람이 죽어도 나와 그의 고리가 끊어지지 않는다.

그러니 몽테뉴처럼, 혹은 우리들 어렸을 때처럼 자기 집 문을 활짝 열어놓고 살지는 못해도 마음만은 열고 살면 좋겠다. 마음은 열되 함부로 강요하지 말고, 폭력배가 되지도 말고, 서로 다른 '나'와 '너'가 연리지가 되어 살 수 있다면 페북의 친구들도 진짜 친구가 될 수 있을 것 같다. 시스템이 맺어준 친구가 아닌 진짜 친구. 내가 페북을 다시 하게 될 날이 그리 멀지 않았기를.

8장

영혼의
동반자를
가져라

위대한 사람의
뒤에 있는 사람

Montaigne's essai ◇◇◇◇◇◇◇◇◇◇◇◇◇◇◇◇◇◇◇◇

어린아이들은 평민답고 자연스러운 법칙으로 하늘에 맡겨 제대
로 성장하게 두어라. 검소하고 엄격한 생활에 단련되는 습관을 갖
게 두어라. 동시에 부친은 다른 목적도 갖고 있었다. 그것은 우리
가 도와야 하는 자들인 평민들에게 나를 맺어줌으로써, 등지는 사
람들보다도 손 내미는 사람들에게 눈길을 주도록 하려는 생각이었
다. 부친은 이렇게 나를 사회의 가장 낮은 층과 인연을 맺고 그들
에게 애착심을 갖게 하려고 그런 사람에게 수양아들로 내주었다.

나의 부친은 모든 수단을 강구하여 학식 있고 이해력 있는 분들에게 가장 탁월한 교육 방법을 문의해보고 나서, 일반적인 교육 방식에는 결함이 많다고 생각하게 되었다. 그리고는 그리스, 로마의 언어를 우리가 모르는 것이 그들이 가졌던 위대한 마음과 지식을 갖지 못하는 유일한 원인이라는 말을 들었다. 부친이 찾아낸 방법은 내가 아직 혀도 풀리지 않고 유모의 손에 있었을 때 한 독일인에게 나를 맡기는 일이었다.

그 독일인은 유명한 의사로 훗날 프랑스에서 죽었는데, 우리말은 전혀 몰랐고, 라틴어에 능숙했다. 부친은 그를 불러와서 상당한 보수를 주며 나를 가르치게 했다. 그는 나를 줄곧 팔에 안고 지냈다. 우리 집의 다른 사람들, 즉 부친도 모친도 하인도 나하고는 라틴어로만 말해야 했다. 그것이 불가침의 규칙이었다. 더듬거리려고 배운 라틴어였어도 이렇게 해서 얻은 성과는 놀랄 만했다.

나는 6년 동안이나 프랑스어, 페리고르어, 아라비아어 등을 들어본 적이 없다. 그래서 기술도, 책도, 문법도, 규칙(교훈)도 없이, 매질도 눈물도 겪지 않고, 우리 학교 선생님이 아는 것만큼 순수하게 라틴어를 배웠다.

또한 나의 부친께서는 학문과 숙제를 내주는 데도 강제하지 않고 나 자신의 의욕으로 맛보게 하며 내 마음을 순하고 자유로이 가꾸라는 의견을 선택했다.

어떤 분이 자신의 자녀를 아침잠에서 깨울 때 폭력을 써서 깜짝 놀라게 하여 깨워 일으켜 자녀의 뇌수가 상했다는 말을 듣고(어린애들은 우리보다 훨씬 더 깊이 잠드니까요), 부친은 정신을 진정시키는 효과가 있는 곡을 연주시키며 그 음악 소리로 내 잠을 깨웠다. 그리고 내게는 이런 연주를 매일 해주는 사람이 있었다. 이 사례만으로도 나머지를 모두 판단해볼 수 있을 정도로 이렇게도 착한 부친의 조심성과 애정을 나는 칭송하지 않을 수가 없다.

부친이 나를 그렇게 교육했던 것은 내가 '나쁜 일을 하지 않을까'를 염려해서가 아니라 '아무것도 하지 않을까'를 염려했기 때문이다. 아무도 내가 악인이 되리라고 예언하는 자는 없었으나, 쓸모없는 인간이 되리라고 보았다.

학문이란 직접 전수받는 경우에도 예지와 신중과 결단을 가르치는 일 외에는 못하기 때문에, 페르시아인은 어린아이들이 바로 행하도록 하며, 말이 아니라 행동으로 시험해 가르치며, 주로 실례를 들어 살아있는 교육을 만들어간다. 그래서 학문이 머릿속의 지식이 아니라 체질과 습관이 되게 하며, 인위로 얻는 것이 아니라 저절로 자기 것이 되게 하려고 하였다.

말과 행실이 부합해간다면 정녕 그것은 아름다운 조화이다. 또한 말에 실행이 수반할 때는 가장 큰 권위와 효력이 생긴다는 것을 나는 부인하고 싶지 않다.

어린애의 교육에는 의욕과 애정을 돋우어주는 것보다 더 좋은 방법이 없다. 우리의 공부가 주는 이익은, 그것으로 자기가 더 나아지고 더 현명해졌다는 일이다.

◇◇◇◇◇◇◇◇◇◇◇◇◇◇◇◇◇◇◇◇◇◇◇◇◇◇◇◇◇

교육에 대한 몽테뉴의 철학은 역시 전인교육이다. 지금도 우리는 그렇게 해야 한다고 부르짖는다. 사람을 사람답게 키워내는 원칙은 만고불변인 것이 분명하다. 16세기 프랑스를 봐도 우리가 알고 있는 상식에서 벗어나는 것들이 별로 없다.

몽테뉴는 학문과 지식이 인생에 결정적인 역할을 하는 것은 아니라고 말하면서 그것들이 사람 속에 녹아들지 못하면 오히려 사람을 망치는 원인이 된다고 강조했다. 그러면서 삶의 지혜는 하늘이 주는 본성에 다 들어있다고 말한다. 그가 이런 말을 반복했던 이유는 내전을 겪는 동안 귀족과 식자층이 보여주는 지행불합일知行不合一의 행태와 교리를 따라야 할 종교인들의 잔인한 행동에 질려 '배움'에 대해 깊은 회의가 생겼기 때문으로 보인다.

학교와 교사에 대해 갖는 불신은 조금 다르다. 그것은 같은 종류의 회의감에서 비롯됐다기보다 그가 어렸을 때 아버지 피에르에게서 받은 교육법이 워낙 특별했기 때문이다. 교육에 대한 몽테뉴의 견해보다 나는 오히려 피에르의 교육철학과 교육법에 더 눈길이 간다. 피에르는 그 시대의 대표적인 '바짓바람' 선두주자였다. 아들 몽테뉴를 잘 키워내고 싶었던 그의 노력과 다양한 시도는 지금의 우리에게도 시사하는 바가 크다. 그리고 그 과정들이 결국 몽테뉴를 프랑스의 위대한 사상가의 반열에 올려놓은 원동력이었다고 믿는다.

피에르의 교육방법 중에서 가장 특징적인 것은 젖먹이였던 몽테뉴를 파프슈즈의 작은 마을 농사꾼 집에 수양아들로 보낸 것이다. 아직 젖도 떼지 못한 아기에게 검소하게 사는 법을 몸에 익히게 하고 평민들에게 자연스러운 애착심을 갖게 하겠다는 목적으로 수양아들로까지 보냈다는 것은 쉽게 상상하기 어려운 일이다. 그 기간이 겨우 한두살(《에세》에는 '혀도 풀리지 않고 유모의 손에 있었을 때'라고 적혀 있다) 남짓의 짧은 기간이었지만, 지금의 관점으로 보면 이 방법은 그리 좋은 교육법은 아닐 것이다. 유아기에 부모와 친밀한 정서적 유대감을 갖는 것은 아이의 성격을 형성하는 근원이 되고, 특히 젖을 먹이는 행위는 어머니와 아기 간의 애착 관계를 만드는 데 큰 역할을 한다. 그 시대에 특히 아버지(남자)의 관점에서는 이 부분을 미처 생각하지 못했을 수 있다. 그러나 다행히도 몽테뉴는 아버지의 뜻을 헤아려 약한 사람들을 도와주기 위해 평생 노력하며 살았다.

몽테뉴가 아직 말을 배우기 전 피에르는 또 한 가지 특단의 방법을 동원한다. 독일인 라틴어 가정교사를 들인 것이다. 아직 모국어도 제대로 하지 못 하는 아이에게 라틴어를 가르친답시고 가정교사를 들이고, 집안의 모든 사람이 몽테뉴와는 라틴어로만 대화하게 했다는 피에르의 교육열에 비하면 오늘날 조기 외국어 교육 열풍은 아무것도 아닌 것 같다.

여기서 놀라운 것은 "부친께서는 내게 학문과 숙제를 내주는 데도 강제하지 않고 나 자신의 의욕으로 맛보게 하며 내 마음을 순하고 자유로이 가꾸라는 의견을 선택했다."라고 몽테뉴가 말한 부분이다. 피에르의 교육열이 우리 시대의 웬만한 교육열을 훌쩍 뛰어넘는 것이기에 어느 정도는 강요와 부담이 동반될 것이라 짐작했는데 오히려 반대였다.

피에르가 이렇게 아들 교육에 남달랐던 이유는 아마도 프랑수아 1세를 따라 이탈리아 원정에 종군했던 경험이 큰 영향을 미쳤던 듯하다.* 당시 이탈리아는 르네상스가 막을 내리는 시점이었지만 프랑스 군인 피에르에게는 모든 것이 신선하고 충격적이었던 모양이다. 신문명에 완전히 매료된 그는 귀국 후 결

---

* 사라 베이크웰, 《어떻게 살 것인가》, 김유신 옮김, 책읽는수요일, 71p

혼한 뒤에도 많은 식자층과 교류하며 교양의 폭을 넓혀갔다. 근대화를 목전에 두고도 그는 외려 몽테뉴에게 고대 문화와 언어를 가르치려 했다.* 꺼져가는 르네상스를 접한 뒤 고대와 만나게 한다? 어찌 보면 우매한 판단처럼 보이지만 과연 그것은 피에르의 탁월한 선견지명이었다. 비록 몽테뉴가 일반 중학교로 진학하면서 라틴어 구사 능력은 일반적인 수준으로 떨어졌지만, 프랑스어를 전혀 하지 못하는 독일인 가정교사에게 6년을 수학한 몽테뉴가 라틴어 서적을 통해 고대 현인들의 깊이 있는 사고와 지혜를 습득할 수 있었던 점은 그 무엇과도 비교할 수 없는 수확이었을 것이다.

누구보다 뜨거운 교육열을 갖고 있었으나 몽테뉴를 그 누구보다 온화하고 따뜻하게 키웠다는 사실은 바로 아침잠을 깨우는 그의 독특한 방법을 통해 확인할 수 있다. 악기 연주자에게 매일 아침 부드러운 음악을 연주하게 하여 아이를 기분 좋은 상태에서 깨운다는 발상은 정말이지 기상천외한 방법이다.

피에르는 몽테뉴가 성인이 된 이후에도 지속적인 자극을 주는 것을 게을리하지 않았다. 그는 아들에게 글 쓰는 재능이 있다는 것을 일찍 파악하고 몽테뉴에게 번역을 맡기기도 했다. 그

**　같은 책, 83p

책은 15세기 중반에 레이몽 스봉Raymond Sebond이 쓴 《자연신학》인데 라틴어로 쓰인 상당한 분량의 책이었다. 안타깝게도 피에르는 아들의 번역서가 나오기 1년 전에 사망했지만 아들의 재능을 알아보고 평생 글을 쓰며 살 수 있게 이끈 유일한 사람이었다. 몽테뉴의 성공은 아버지 피에르의 교육 덕분이었다고 해도 과언이 아니다.

피에르의 교육법이 탁월할 수 있었던 이유는 바로 그가 혜안과 실행력을 동시에 갖췄기 때문이다. 좋은 것을 알아도 행동에 옮기지 않으면 소용이 없고, 목적 없이 내달리는 달음질은 무모하기만 하다.

우리나라의 성장 동력이 부모들의 교육열 덕분이라는 것을 부정할 사람은 없다. 그러나 동시에 그 과한 교육열이 광기와 같다는 것 또한 부정할 사람이 없다. 뜨거운 열정은 갖되 그 뜨거움이 아이들을 태우지는 않게, 실패한 것처럼 보여도 결국은 성공의 길이 되게 이끌어주는 우리 사회의 피에르는 정말 없는 것일까.

현재 나는 (예비) 고등학생과 중학생의 연년생 남매를 두고 있는데 두 아이가 보낸 중1 시절을 자주 떠올리곤 한다. 1년 내내 시험 없는 유토피아를 경험한 아이들의 변화에 주목하는 것이다. 내가 말한 그 유토피아는 다름 아닌 '자유학년제'다. 자유학년제는 중학교 1학년만을 대상으로 다양한 동아리 활동과 체험 위주의 학습을 통해 자신의 적성과 진로를 탐색하는 시간을 갖게 하는 매우 훌륭한 취지의 제도이다. 지필고사 없이 수행평가라 불리는 과정 중심의 평가가 이루어지는 것이 큰 특징이다.

그러나 이 아름다운 제도가 학부모에게는 그리 썩 인기가 좋은 편이 아니다. 아이들의 유토피아가 부모에게는 디스토피아라고나 할까. 취지와 필요에는 공감하지만 현실과 이상은 언제나 괴리가 있는 법! 부실한 내용의 프로그램들, 아이들의 나태와 학력 저하 우려, 평가시스템에 대한 불신, 사교육 의존도 증가 등 현재 이 제도는 문제투성이다.

그런데도 나는 찬성을 넘어 이 제도의 존속과 확대를 강력히 주장한다. 처음에는 위에 열거한 문제들이 내게도 해당되어 이 제도에 절망적이었다. 그런데 시간이 지날수록 이상한 느낌이 들었다. 아이들의 표정에서 1학년과 2·3학년이 구분되기 시작한 것이다.

그 느낌을 확인하기 위해 1학기를 조금 지난 시점에서 첫째에게 물은 적이 있다. 한 학기 동안 경험해보니 어땠냐고. 물론 아이의 대답은 1차원적이었다. 시험이 없어서 그냥 좋다나. 그래서 다른 애들은 어떠냐고 물었더니 아이의 표정에서 벌써 답이 읽혔다.

"엄마. 그걸 정말 몰라서 묻는 거예요? 당연히 행복해하죠!"

입을 연 김에 나는 계속 물었다. 3학년까지 계속 자유학년제를 하면 어떻겠냐고 말이다.

"음… 아마 고등학교에 가기 싫어지겠죠? 하하하. 그래도 3학년 때는 공부를 하긴 해야 할 테니 자유학년제를 해도 시험은 봐야 할 것 같아요."

둘째가 중학교에 입학한 직후 나는 어느 자리에서 학부모 대표 자격으로 내 교육적 소견을 밝힐 시간을 갖게 되었다. 그때 자유학년제 시행 이후 학교 선생님들이 어떤 생각을 하고 있는지 알 수 있었는데, 생각지도 못한 여러 말을 듣게 되었다. 많은 선생님이 교권이 추락한 이 시대에 선생 노릇을 계속해야 하는지를 늘 생각하며 자괴감에 빠져 지냈는데 자유학년제 이후 바뀌었다는 것이다. 일단 아이들의 표정이 다르다는 것을 선생님들도 느끼고 있었다. 수업방식이 변하다 보니 전보다 엎드려 자는 아이들이 줄었고 교실에 전에 없던 생기가 돈단다. 또한 과정 중심의 평가를 해야 해서 아이들을 한 명 한 명 유심히 살피게 되는 점도 긍정적으로 해석했다. 교실 현장의 실질적 변화에 '내가 이제야 선생님이 됐구나!' 싶더란다.

마음이 찡했다. 우리나라 교육제도가 학생과 학부모만 힘들게 하는 것이 아니라는 것을 새삼 느꼈다. 교사들도 지금까지 큰 피해자였던 것이다. 일일이 학생들의 평가내용을 기재해야 해서 학기 말이 되면 화장실 갈 시간도 없다고 하면서도 선생님들은 신이 난다고 했다. 교사 본연의 업무로 바쁘고 힘든 것에 오히려 보람을 느끼는 것 같았다.

나는 희망을 보았다. 학생, 학부모, 교사 모두가 교육의 주체지만 실질적인 교육 당사자들은 학생과 교사다. 이들이 행복해야 한다. 그래야 학교가 변한다. 그런데 자유학년제가 시행된 지 채 5년이 되지 않아 학생과 교사 모두가 행복을 입에 담고 있다.

내가 호기심 갖고 지켜보는 것은 이 제도 자체의 성공여부가 아니다. 이 제도는 엎어지고 자빠지다가 결국 없어질지도 모른다. 그러나 유토피아를 경험해본 아이들은 분명 우리와는 다르게 성장할 것이다. 비록 1년의 짧은 경험이지만 그게 진짜 교육이었다는 것, 그리고 유토피아는 계속되어야 한다는 것을 아이들은 분명 체득했을 것이다.

이 제도가 교육의 모든 주체에게 절대적인 신뢰를 얻으려면 아직 갈 길이 멀다. 하지만 수업 방법과 평가 방법에 대해서는 현장의 많은 교사들이 열심히 답을 찾고 있으니 결국 찾아지리라 믿는다.

이 선생님들 모두가 피에르이기를! 아이들을 진심으로 사랑하는 피에르 같은 선생님들이 더 많아지기를!

‘우리’지만
그냥 ‘또 다른 나’

Montaigne's essai ∞∞∞∞∞∞∞∞∞∞∞

하느님이 원하시는 동안 우리는 일찍이 이처럼 완전한 것은 책에도 나온 일이 없고 인간들 사이에 실천되어본 자취가 없는 우정을 가꾸었다. 이런 우정을 이루는 행운은 3세기 동안에 한 번 이루어질까 말까 한 희귀한 것이었다.

사람들이 놀랄 정도로 한 소질에 특출하거나 우리가 영광을 바치는 지나간 시대의 인물들에 비겨볼 수 있는 자는, 내 운으로는 만나본 일이 없었다. 그리고 그 정신의 타고난 소질을 두고 하는 말이지만, 산 사람으로 내가 알고 지낸 가장 위대하고 훌륭한 인물은 에티엔느 드 라 보에티였다. 그는 충만한 정신을 가졌고 모든 방면으로 훌륭한 모습을 보였다. 옛날의 풍모를 지닌 정신이며, 그는 운만 타고났던들 그 풍부한 천성에 학문과 연구로 위대한 업적을 이루어놓았을 것이었다.

누가 내게 왜 그를 사랑하느냐고 물어본다면 나는 그것을 표현할 수 없음을 느낀다. 다만 '그가 그였고, 내가 나였기 때문'이라고밖에는 대답할 길이 없다. 여기에는 나의 모든 사유를 넘어서, 내가 말할 수 있는 것을 넘어서, 이 결합의 매체를 무엇이라고 설명할 수 없는 운명적인 힘이 있다.

피상적으로 사귀기에 적당한 사람은 누구든 쉽게 찾아낼 수 있다. 그러나 마음 속속들이 터놓고 행동하며, 서로 마음에 남겨둔 것이 없는 우정에서는 진실로 행동의 모든 원천이 완벽하고 명료하고 확실해야만 할 일이다.

옛날 메난데르는 단지 친우의 그림자라도 만나볼 수 있는 자는 행복한 자라고 말했다. 그 말은 옳다. 내가 내 일평생을 볼 때, 이 친우를 잃은 것 외에는 심한 고통이 없었다. 나는 내가 가진 본성만으로도 많은 재미를 얻어왔지만, 사실 이 인물과 사귄 세월에 비교해 본다면, 뒤의 한평생은 구름과 안개에 싸인 컴컴하고 지리한 밤에 지나지 않았다. 내가 그를 잃은 날부터-

나는 힘없이 쇠잔할 뿐이다. 그리고 내게 오는 쾌락들마저 나를 위로하기는커녕 그를 잃은 설움을 더한층 느끼게 한다. 우리는 전체의 반쪽이었다. 나는 내가 그의 몫을 빼앗고 있는 것 같다. 나는 이미 그의 반신半身으로 되어 있기에, 그가 없는 지금의 나는 반쪽으로밖에 살아 있지 않은 것 같다.

진실한 우정에서는, 나는 이 부문의 전문가이지만 친구를 내게로 끌어오기보다 나 자신을 친구에게 내준다. 나는 그가 내게 해주는 것보다도 내가 그에게 더 잘해주기를 좋아할 뿐 아니라, 그가 나보다도 자기 자신에게 더 많이 해주기를 바란다.

몽테뉴가 가장 사랑했던 친구 라 보에티는 겨우 33살의 나이에 요절한다. 라 보에티는 몽테뉴와 함께 보르도 고등법원 판사로 일했다. 몽테뉴보다는 3살 위였고 직급도 높았다. 그는 진중하고 조용한 성격이었지만 지적능력이 뛰어나 지식층과의 교류가 두터웠다. 몽테뉴는 라 보에티를 훨씬 전에 알았다고 한다. 라 보에티가 쓴《자발적 복종》이라는 논문이 워낙 유명했기 때문이다.

《자발적 복종》은 에티엔느 드 라 보에티가 무려 18살이라는 어린 나이에 쓴 논문으로, 독재와 복종의 상관관계를 심층적으로 분석한 당시로써는 혁명적인 문헌이었다. 라 보에티는 독재자의 폭정에도 불구하고 인민들이 저항하지 않는 이유를 인민들의 자유에 대한 인식의 부족과 노예근성이 습관화한 것을 원인으로 꼽았다. 이는 독재자가 인민들에 대한 교육을 억제하고 인민들이 유희에 빠지도록 유도한 결과(제5공화국 시절의 3S처럼)이다. 따라서 독재자의 폭정에 대항하기 위해서는 우선적으로 인민들이 자유에 대해 인식해야 하는데 이것은 경험해보지 못한 채로는 아는 것이 어렵고 한 개인의 선택과 힘으로 이룰 수 있는 게 아니기 때문에 라 보에티는 인민들이 '배우고 올바르게 행동하는 것'이 필요하다고 강하게 주장한다. 나아가 군주제로부터 공화제로 나아가야 함을 역설한다.

몽테뉴에 의하면 라 보에티는 이 논문을 특정한 의도로 작성한 것이 아니라 단순히 습작을 위한 것이었다고 한다. 하지만 이 논문은 시대를 앞선 급진성이 돋보인다는 평을 받으며 당대

지식인들에게 널리 읽혔다. 특히 라 보에티가 죽은 이후 종교전쟁이 격화하면서 위그노들의 이념 지침서로 적극 활용되었고, 프랑스 혁명과 무정부주의 운동에까지 영향을 끼친 기본 사상서가 되었다고 전해진다.

몽테뉴는 한 사교모임에서 우연히 라 보에티를 만났는데 그를 만나 단번에 친해진 것을 보면 몽테뉴 역시 처음부터 이 논문에 흠뻑 매료되어 라 보에티를 정신적으로 흠모하고 있었던 것 같다. 두 사람이 친해진 이후 몽테뉴는 라 보에티가 요절할 때까지 깊은 우정을 나누었고 그가 죽은 후에는 평생 그를 그리워했다.

사실 그들의 우정은 길지 못했다. 만났던 기간은 기껏해야 6년이었다. 그런데도 몽테뉴가 라 보에티와의 우정을 소크라테스와 알키비아데스의 우정처럼 높이 여겼던 것은 그들의 지적감수성과 사고력, 고전에 대한 애정과 역사에 대한 해석 등 두 사람의 공통점이 무수히 많고 서로에게 배울 점 역시 상당했기 때문으로 보인다.

특히 몽테뉴에게는 라 보에티를 향한 존경심이 바탕에 깔려 있던 것 같다. 라 보에티가 다른 모든 능력과 덕성으로 자신보다 비교할 수 없이 탁월했고, 우정의 의무에서도 그러했다고 밝히고 있기 때문이다. 자신을 낮추는 겸손함이 아니라 진실로 몽테뉴는 라 보에티를 자신의 롤모델로 삼고 그와의 우정보다 자신을 더 성숙시키는 일은 없다고 믿었던 듯하다.

몽테뉴는 《에세》의 「우정에 대하여」라는 장章에 《자발적 복종》을 실으려고 하다가 포기했다. 라 보에티의 논문이 위그노의 정치적 선전물로 활용되면서 '불온서적'이라는 인식이 확산됐기 때문이다. 일부에서는 몽테뉴가 친구의 글을 폄하하고 있으며, 본인이 곤란을 겪지 않으려고 일부러 위그노의 인위적 편집 탓을 하며 《에세》에서 그의 논문을 뺀 것이라고 비난한다. 사실 지금까지도 많은 학자들은 몽테뉴가 라 보에티의 혁명적 지조를 제대로 이해하려 하지 않은 채 그의 글을 비판하고 있다고 평하기도 한다.

그러나 나는 그런 비난에 온전히 동의하기가 어렵다. 두 사람이 깊게 소통해왔던 시간과 라 보에티가 죽기 직전 자신의 모든 글을 몽테뉴에게 전해준 점을 보면 그는 몽테뉴만이 자기 뜻을 가장 정확히 이해하고 있다고 믿은 게 아닐까. 또한 몽테뉴가 자신의 글 《에세》를 쓰겠다는 결심을 하기 전에 라 보에티의 유작을 먼저 출판한 것을 보면 그 글들의 가치를 인정하며 그것을 후세에 남기려는 지식인으로서의 순수한 사명감이 있었던 것은 아닐까.

나는 오히려 정치적(종교적) 격동기에 라 보에티의 진의가 왜곡되는 것을 걱정하고, 고인이 된 친구의 명예를 애써 지키려는 몽테뉴의 배려가 더 크게 보인다. 그는 자신의 진심을 이렇게 말한다.

"이 세상의 어떠한 변론의 힘을 가지고도 내 친우의 의향과 판단력에 대해 내가 가진 확신을 버리게 할 수는 없다. 나는 그의 마음을 내 것같이 알고 있을 뿐 아니라, 내 일에 나를 믿기보다도 확실히 그를 더 믿어주었을 것이다."

'그가 그였고, 내가 나였기 때문'이다.

사랑하는 친구를 두고 이런 표현을 쓸 수 있다는 것은 두 사람에게 얼마나 큰 행복일까. 그렇지만 나에게도 똑같은 말을 해주고 싶은 누군가가 있어 질투하는 마음은 없다. 그 동생은 나보다 5살이나 어리지만 나는 늘 그 동생과 내 영혼이 같은 뿌리가 아닐까 하는 생각을 한다. 몽테뉴가 라 보에티와 자신의 관계를 말로 표현할 수 없는 운명적인 힘의 결합으로 말하듯이 나도 우리의 관계가 심장을 공유하는 삼쌍둥이거나 전생에 내가 꼭 그 동생이었을 것 같다는 느낌이 드는 것이다.

이 동생을 만난 건 내가 유독 힘들게 느꼈다던 그해 선거캠프에서였다. 참으로 거침이 없는 친구구나, 한 게 그 동생에 대한 내 첫인상이었다. 어떤 관계든 지나치리만큼 격식과 예의를 차리는 나와는 달리 그 동생에게는 모든 관계가 편해 보였다. 동생은 마치 모든 사람을 오랫동안 알아 온 옆집 사람마냥 대했다.

어쩌다 보니 우리는 구석에 따로 마련된 방 안에서도 옆자리에 앉게 되었는데 처음 며칠간은 그 동생 스타일에 적응하느라 애를 먹었다. 그런데 며칠을 지켜본 후 나는 마음에 어떤 느낌이 들었다.

'아! 얘는 그냥 예쁜 애구나!'

당시 그 동생은 결혼한 지 채 석 달이 되지 않은 새색시였는데 남편과의 통화도 유별나게 했다. 캠프 사람들과 통화를 시키는 것은 물론 사무실에 있던 수족관의 열대어랑도 인사를 시켰다. 그 동생 특유의 예쁨을 하마터면 나는 크게 오해하고 멀리 지낼 뻔했으니 우리의 인연도 그저 하늘이 도왔다고 할밖에.

그런 동생이었어도 시댁 사람들은 좀 불편한 모양이었다. 일하는 틈틈이 결혼생활에 대해, 여자의 인생에 대해 얼마나 꼬치꼬치 물어대는지 아마도 그때 그 많은 질문에 대답을 하는 사이 내 인생의 디테일을 많이 꺼내놓았는지도 모르겠다. 우습지만 우리의 남편들도 비슷한 점이 많아서 동병상련(?)의 마음으로 서로를 위로하고 격려했다. 두 남편은 대학 선후배에 성격도 비슷하고, 심지어 생김새도 비슷하며, 지방 출신 장남인 것도 똑같다. 우리는 일 얘기도 '아~' 하면 '어~'로 통하는 데다 시시콜콜한 가정사 수다에 전광석화의 공감대를 형성했다. 둘 다 자매가 없다는 것도 우리 둘을 하나로 묶는 데 큰 몫을 했다.

나는 어쩐지 그 동생의 삶이 꼭 과거의 나를 보는 것 같아 더 마음이 간다. 아들 하나를 낳고 짧은 경력단절 끝에 다시 사회에 복귀한 동생은 늘 일과 가정 사이에서 힘들어한다. 그런 동생을 보고 있자면 안쓰럽다. 그런데도 나는 일을 일부 포기한 나와는 같지 않기를 간절히 바란다. 워킹맘으로 살기 힘든 한국의 현실과 정치권 특유의 후진적 문화가 그 동생을 편안히 놔두지는 않겠지만 누구보다 힘차게 응원하고 격려하는 중이다.

"나는 그의 반신이며 그가 없는 삶은 반쪽의 삶이다." 라 보에티가 몽테뉴의 곁을 떠난 이후 몽테뉴의 외로움이 얼마나 큰 것이었는지 느껴지는 말이다. 그는 아무리 좋은 생각이 떠올라도 말해줄 사람이 없어서 화가 나고, 하늘나라에 가서 산책을 한들 같이 갈 친구가 없으면 불쾌할 것이라는 아르키타스의 말이 딱 자신의 마음과도 같다고 했다. 나 역시 그 마음을 조금은 알 것 같다. 그렇게 격의 없던 우리가, 말로 하지 않아도 다 통하던 우리가 언제 한 번 잠깐 소원해진 때가 있었기 때문이다.

하루라도 대화하지 않으면 입안에 가시가 돋는다고 여겼는데 그 하루가 이틀이 되고 이틀이 사흘이 되면서 나는 내 마음에 깊은 우울이 자리 잡은 것을 느꼈다. 내 팔 한쪽이 떨어져 나가는 느낌이 들었고 말로 못 할 상실감과 슬픔이 내 마음을 가득 채웠다. 그 여름은 사상 최악으로 더웠지만 내 마음은 서늘하고 추웠다.

언제나 느끼면서 살고 있다고 생각했는데 아니었나 보다. 그 동생이 뼛속까지 나를 물들였다는 걸 새삼 깨달았다. 좋은 얘기보다 힘들고 답 없는 막막한 일상 얘기가 전부였어도 동생과 대화한다는 자체로 내가 느꼈던 안정감과 위안은 말로 할 수 없는 큰 것이었다. 동생과의 단절이 잠깐이었음에도 내 마음이 그토록 갈라져 버렸던 걸 보면 몽테뉴에게 라 보에티가 그랬듯 동생은 나에게 정말로 반쪽이었다.

무엇 때문에 단절이 생겼는지는 별로 중요하지 않다. 대부분의 친한 관계가 그러하듯 우리의 문제도 뭐 그리 대단하거나 큰일에서 비롯된 게 아니었다. 평소 같으면 그런 일이 있었나, 할 정도의 사소한 일이었다.

긴 편지에서 나는 동생에게 말했다. 차라리 싸우자고. 싸움이 필요할 때도 있는 법이니까. 대신 제때 잘 싸우자고 했다. 말은 그리해놓고 나는 웃었다. 물고기랑도 대화하는 애랑 싸움이 되려나 싶어서.

친한 내 친구가 그 얘기를 듣더니 이렇게 말했다. "너희 둘에게 마디가 생겼나 보다!" 그래, 그런가 보구나. 문득 삶의 진리를 또 한 번 깨우치는 순간이다. 친구의 말대로 우리의 단절은 아마도 가지와 잎을 내보내기 위해 필요한 '마디를 갖는 시간'이었던 것 같다. 지금의 우리는 단 하나의 마디만으로도 풍성한 가지와 잎을 가진 사이가 되었다고 믿는다. 서로를 더욱 소중히 여기게 됐고 좀 더 깊이 이해하게 되었다. 돌이켜보면 참 감사한 시간이다. 하지만 더 이상의 마디는 만들고 싶지 않으니 이 모순된 표현을 어찌해야 할까.

끝까지 놓을 수 없는,
놓지 말아야 할 그것

Montaigne's essai ∞∞∞∞∞∞∞∞∞∞∞∞∞

훌륭한 결혼의 예가 대단히 보기 드물다는 것은 그 가치와 품위를 말하는 것이다. 결혼 생활을 잘 꾸며서 올바르게 살아가면, 우리 사회에 그보다 더 아름다운 일은 없는 것이다.

우리는 결혼하지 않고는 못 배긴다. 그렇지만 우리는 결혼을 천하게 다루며 살아간다. 그래서 새장에서 볼 수 있는 일이 일어난다. 밖에 있는 새들은 그 속에 못 들어가서 발버둥 치고, 속에 갇힌 것들은 어떻게 해서든 밖으로 나가려고 똑같은 수작을 한다. 소크라테스는 아내를 얻는 편이 좋으냐, 얻지 않는 편이 좋으냐고 누가 묻자 "둘 중에 어느 편을 취하든 사람은 후회할 것이다."라고 말했다. 결혼을 잘하기 위해서는 여러 소질이 한데 뭉쳐져야 한다. 이 시대에는 쾌락이나 호기심·한가로움 따위가 심한 번민을 일으키는 원인이 되지 않는 평민들의 단순한 마음이 살기에 편하다.

나는 약속하거나 바라던 것보다도 더 엄격하게 결혼의 법칙을 지켜왔다. 한번 걸려든 뒤에는 발버둥 쳐 보아도 때가 늦다. 자기 자유는 조심스레 아껴야 한다. 그러나 한번 의무에 복종한 다음에는 공동의 책임과 법칙을 지켜야 하며, 적어도 그렇게 노력해야 한다.

"그대와 같은 조건의 여자들과 맺으라. 팔자가 같은 자와 함께 지내는 것이 마음 편할 것이다."라고 사람들은 내게 말할 것이다. 오, 그 얼마나 멋쩍고 어리석은 타협인가!

사랑은 어떻든 맹렬하지 않으면 사랑의 본성에 반하는 일이고, 사랑이 지조를 지킨다면 그 맹렬하다는 본성에 반하는 일이다. 아마도 사랑에 지조를 발견한다는 것이 더 이상한 일일 것이다. 그것은 단순한 육체적인 정열이 아니다. 탐욕과 야심에도 그 끝이 없다면 음욕에도 끝은 찾아볼 수 없는 일이다. 이 음욕은 포만을 느낀 다음에도 여전히 살아 있다. 그리고 영원한 포만이나 그 종식은 명령할 수도 없다.

우리는 한번 결혼하면 그것을 풀어볼 모든 방법을 없애는 방식으로 그 결속을 확고하게 만들었다고 생각한다. 그러나 그 구속이 단단한 만큼, 의지와 애정의 결속은 더 풀어지고 느슨해져 있다. 반대로 로마에서 결혼이 그렇게 오랫동안 명예롭고 안정되게 한 것은, 아무 때건 원하면 서로 헤어질 수 있는 자유에 있었다. 그들은 아내를 빼앗길지도 모르니, 그만큼 더 아내를 사랑하였다. 그리고 아무 때나 이혼할 수 있는 자유를 가지고도 그들은 400년 이상 아무도 그것을 쓰지 않고 보냈다.

사랑을 말로만 하고 마음을 주지 않는 일은 사실 안전을 도모하는 것이지만, 그 비굴한 꼴은 마치 위험이 무서워서 명예도 이익도 쾌락도 버리는 식이다. 이러한 사랑을 하는 자는 마음을 감동하게 하거나 만족시키는 아무런 성과도 바랄 수 없다. 진심으로 누려 보았으면 하는 것은 진심으로 바라야만 한다.

해도 후회, 안 해도 후회인 게 결혼인 건 시대 불문 진실인가 보다. 몽테뉴는 1565년 32살의 나이에 집안의 중매로 보르

도 고등재판소 판사의 딸 프랑수아즈 드 라 사세뉴Françoise de La Chassaigne를 만나 결혼했다. 몽테뉴보다 11살 아래였다. 《에세》 전반에 걸쳐 그녀에 대한 언급은 거의 없다. 몽테뉴 스스로 본인에게 선택권이 있었다면 결혼하지 않았을 것이고, 본인의 의지에 의해서가 아니라 뜻에 반해서 끌려갔다고 하는 것을 보면 세상을 떠난 두 형을 대신해 장남으로서의 책임과 '친족 관계나 재산 등이 더 무게를 갖는' 관습에 따라 결혼을 한 것 같다.

몽테뉴에게는 자상하고 배려 깊은 아버지이자 남편의 모습이 있다. 끝까지 생존한 유일한 딸 레오노르와 함께 가족이 수시로 카드 게임을 즐기고, 가업에 관심 없는 자신을 대신해 아내가 그 일을 도맡아 처리해주는 것에 고마워하는 모습이 《에세》에 짤막하나마 소개되어 있다. 그러나 아내 몰래 했던 몇 차례 외도의 고백은 그가 결혼생활에 전적으로 만족하지 못했다는 사실을 보여준다. 광활한 하늘에서의 날갯짓을 갈망하면서도 결국 그의 거처는 새장 '안'이었다는 것이 몽테뉴의 결혼생활이었던 것 같다.

애초에 원해서 했던 결혼도 아니었고, 몇 번의 외도를 할 만큼 결혼생활 역시 썩 행복했던 것 같지는 않지만 새장을 부술 생각은 없었던 듯하다. 지금의 시선으로 보면 그리 훌륭한 남편은 아니었지만, 16세기라는 시대적 상황을 고려하고 그가 가장의 의무를 저버리는 무책임함은 보이지 않았으니 정상참작의 여지는 있다고 해야 할까.

내가 애써 그를 이해하려는 이유는 천성적으로는 나도 결혼과 맞지 않는 것 같기 때문이다. 새장 밖 세상에 대한 갈망은 나라고 예외가 아니었다. 만혼이 일상이 된 지금에서 보자면 27살의 결혼은 너무 일렀다. 물론 가정 내 성 역할의 불균형과 기혼 여성에 대한 사회적 차별이 내 결혼생활을 힘겹게 했던 가장 큰 이유였다. 아무리 내 선택이었다고 해도 나는 그것이 자발적인 수감이라는 것을 몰랐다. 결혼 선배들이 결혼을 '무덤'이라 표현한 이유를 체감했을 때부터 나의 자책은 시작됐다. 동시에 그 사실을 미리, 제대로 알려주지 않은 주변 사람들에 대한 원망도 깊어졌다.

나는 결혼이라는 제도 자체에 회의적이다. 보수적인 우리 문화를 탓하지 않더라도 사랑의 본성이라는 측면에서도 결혼은 자연의 법칙과 정면으로 배치되는 참으로 잔인하고도 불합리한 제도이다.

물리에만 해당하는 게 아니라 사랑에도 '엔트로피 증가의 법칙'이 작용한다고 나는 생각한다. 엔트로피 증가의 법칙이란 '고립계에서 우주의 무질서도는 증가한다'는 열역학 제2 법칙이다. 쉽게 말해 가지런하고 정돈된 상태에서 불규칙하게 들쭉날

쭉 어지러운 상태로 흘러가는 것이 자연의 법칙이란 얘기다. 안간힘을 다해 줄수록 더 많이 빠져버리는 손안의 모래알 같고, 한 움큼 떠올려도 손금 사이로 새어 나가는 물 같은 게 사랑의 본질 아니던가. 흩어지는 모래알과 흐르는 물처럼 사랑 또한 무질서를 향해가기 마련이다.

사실 인간이 결혼이라는 제도를 만든 이유도 이러한 사랑의 본질에 대해 너무나 잘 알기 때문이 아닐까. 사랑이 그렇게 쉽게 질서를 보장할 수 있는 것이라면 그냥 놔두면 된다. 그것이 불가능하다는 것을 알기에 '아름다운 구속', '영원한 사랑의 증표' 따위로 최면을 걸어 감옥에 가두어버리는 것이다. 내가 결혼을 비인간적이고도 잔인하다고 하는 이유가 여기에 있다.

굳이 로마인들의 지혜를 상기하지 않아도 이혼을 쉽게 만드는 길이야말로 결혼제도를 공고화하는 데 도움이 될 수 있다는 것은 상식적이며 논리적으로도 맞다. 상대를 빼앗길지도 모른다는 두려움과 긴장이 상대에 대한 애착을 증가시킨다면 그렇게 만들면 되는 게 아닌가.

사람들은 이혼을 어렵게 만들고 결혼에 대한 배신을 단죄하는 것으로 결혼제도를 지키려고 애썼지만, "징벌은 악덕을 깨뜨리기보다도 조장한다. 이런 것은 착한 일을 하려는 의지를 일으키지 않는다. 다만 나쁜 짓을 하면서 들키지 않을 마음의 의지만 가꾼다."고 한 세네카의 말처럼 그 방법은 전혀 효과가 없음을 경험으로 알고 있다. 인간은 금지된 것을 욕망한다. 욕망은 결핍일 때는 집착하게 되고, 풍요일 때는 피로를 느낀다. 따라서 결혼제도를 지키고 싶다면 오히려 그것을 더 잘 깨트리기 위한 방법을 강구해야 한다. 그래야 억지로 하는 결혼생활이 아니라 건강하고 아름다운 결혼이 유지된다.

그런 면에서 60년이 넘도록 철통같이 지켜왔던 간통죄의 폐지, 별거한 지 오래됐거나 부부관계에 소홀해진 것을 이혼 사유로 보는 현상을 나는 반갑게 생각한다. 법적 이혼이 아니더라도 졸혼을 선언하는 황혼 부부가 많아지는 것도 전혀 유감스럽지 않다. 결혼은 당사자들의 약속이다. 하지만 깨질 수 없는 약속이란 건 없다.

내가 결혼제도에 대해 부정적이어도 평생을 변하지 않는 사랑으로 행복하게 사는 부부도 많다는 것을 안다. 그분들을 나는 존경하고 실은 귀감이 되는 이런 분들이 좀 더 많아지길 바란다. 하지만 나는 사랑을 '의리'나 '연민'과 동일시하는 것은 싫다. 결혼을 유지하는 것에 가치를 부여하기 위해 누군가의 양보와 희생을 사랑으로 포장하는 것을 경멸한다. 사랑에 충실하고 싶어서 결혼에 충실하지 못한 사람을 그 반대의 경우보다 더 비난하는 것도 마뜩잖다. 물론 아무리 사랑에 충실하고 싶다고 해도 부모의 의무는 다해야 한다고 힘주어 말하겠다.

사랑을 결혼에 묶든 풀든, 사랑에 관한 한 내가 바라는 것은 오직 하나다. 사랑은 그냥 사랑이면 좋겠다는 것. 오로지 심장만이 정직하게 알아차리는 오리지널 사랑. 나에게 소원이 있다면 죽는 순간 '나는 사랑을 해봤다'고 말할 수 있으면 좋겠다는 것이다. 좀 더 바란다면 그 문장에 '여한 없이'도 넣어서. 이 바람이 지극히 나에게만 해당하는 얘기가 아니라면 진리는 명확해진다. 우리가 한 인간으로서 제대로 잘 사는 일은 끝까지 사랑을 포기하지 않는 일이라는 것! 그러니 자꾸 사랑을 결혼에 억지로 욱여넣는 미련한 짓 따위는 집어치우고 단 한 번이라도 제대로 된 사랑을 좀 하자. 내 마음인데 내 마음대로 되지 않고, 하고 싶다고 다 할 수 있는 것도 아닌 게 그 빌어먹을 사랑이니까.

9장

인간성을
사수하라

무사유 vs. 사유

Montaigne's essai ∞∞∞∞∞∞∞∞∞∞∞∞

나는 악덕 중에도 잔인성을 모든 악덕 가운데 극악한 것으로 지독하게 혐오하고 피한다.

나는 국내 전쟁의 퇴폐한 세태로 이러한 믿을 수 없는 악덕이 성행하는 시대에 살고 있다. 우리가 날마다 겪고 있는 극단의 처사는 고대에서는 도무지 찾아볼 수 없는 일이다. 나는 결코 이것을 그저 평범하게 볼 수 없다. 이렇게도 괴물 같은 마음들이 있어서, 재미로 살인을 하며, 남의 사지를 쳐서 가르고, 아무 적의도 아무 이익도 없이 고통스러운 형벌을 받고 죽어가는 사람의 비참한 울음소리와 그 가련하게 꿈틀거리는 몸부림을 재미나게 구경하자는 단 하나의 목적으로, 전에 없던 고문과 새로운 살인법을 꾸며내려고 머리를 쓰다니, 내 눈으로 보기 전에는 도무지 믿어지지 않는 일이다. 왜냐하면 이것이야말로 잔인성이 도달할 수 있는 극한이다.

지금 싸움만 나면 모두 살상에 이르고야 마는 것은 웬일인가? 우리 조상들은 복수하는 데도 어떤 단계가 있었는데, 지금의 우리는 마지막 단계에서 시작하며 무턱대고 서로 죽인다는 말만 하니 어떻게 된 일인가? 그것이 비굴함이 아니라 무엇인가?

적의 숨길을 끊기보다는 패배시키는 것에, 그를 죽이기보다는 굴복시키는 데 더 큰 용맹이 있다. 그뿐더러 복수의 욕망은 이것으로 더 만족한다. 복수는 자기의 모자란 실력을 뼈저리도록 느끼게 하는 것밖에 다른 목적이 없기 때문이다. 그 때문에 우리는 짐승이나 돌덩이에 상처를 입었다고 해서 그것을 공격하지는 않는다.

나는 이 나라(원주민들의 나라)에 아무것도 야만적이며 상스러운 점이 없다고 본다. 우리는 우리가 사는 고장 사람들의 풍습이나 관념을 유일한 진리 혹은 이성의 규범으로 본다. 우리에게만 항상 완전한 종교, 완전한 정치, 모든 사물의 완전하고 완벽한 습관이 있다고 생각한다.

우리가 그들을 '야만'이라고 부르는 것은 자연이 그 자체로 만든 상태이며 자연이 이루어놓은 성과를 야만이라고 부르는 것과 같다. 그러나 사실은 오히려 우리의 기교로 사물을 그 평범한 질서에서 비틀어 변경해놓은 것들을 차라리 야만이라고 불러야 할 일이다.

우리는 그들(원주민들)의 무지와 무경험을 이용해서 우리의 풍습과 배신과 음탕과 탐욕과 모든 종류의 비인간적인 잔인성의 방향으로 그들을 손쉽게 쓰러뜨렸다. 도대체 누가 상업과 교육의 업무에 이렇게도 가치를 주었던 것인가? 그 많은 도시가 파괴되어 쓰러져 완전히 없어지고, 그 여러 국가가 멸망되고 수백만 국민이 칼끝에 꿰이고, 세상에서 가장 아름답고 중요한 부분이 진주와 후추 무역을 위해서 뒤집히다니! 기계적인 승리이다. 이다지도 야심이, 이다지도 적의가 인간들 서로의 적개심을 부추기고 비참한 재난을 이루어놓은 일은 일찍이 없었다.

몽테뉴가 인간의 '잔인성'을 얼마나 혐오하는지는《에세》곳곳에 나타나 있다. 30년의 종교전쟁 동안 광기에 휩싸인 사람들의 온갖 만행과 신대륙 개척 과정에서 원주민에게 가한 야만

적 행위에 평생 치를 떨던 그였다.

그 혐오의 시작은 성 바르톨로메오 축일의 대학살이었다. 《에세》 집필을 시작한 해인 1572년 8월, 종교전쟁 기간을 통틀어 가장 잔악하고도 극렬했던 충돌이 발생했다. 사건의 시작은 프로테스탄트의 지도자 가스파르 드 콜리니Gaspard de Coligny 제독의 암살이 실패로 돌아가면서부터였다. 8월 18일은 프랑스 왕 샤를 9세의 누이인 마르그리트 드 발루아Marguerite de Valois 공주와 나바르의 군주인 앙리 드 나바르Henri de Navarre의 결혼식 날이었다. 마르그리트 공주는 가톨릭교도였고, 나바르 공은 프로테스탄트의 또 다른 수장이었다. 두 사람의 결혼은 정략결혼이었으나 10년간의 종교전쟁으로 삶이 피폐해진 프랑스 국민은 이 결혼으로 평화와 안정이 찾아오길 기대했다. 그러나 그 기대는 채 며칠을 가지 못했다. 결혼을 축하하는 축제가 이어지던 어느 날, 파리에 머물던 콜리니 제독이 기즈Henri de Guise 공을 위시한 가톨릭 강경파에게 공격을 당해 부상을 입고 만 것이다. 프로테스탄트들은 이 사건이 국왕과 섭정인 그의 모후 카트린 드 메디시스Catherine de Médicis에 의한 콜리니의 암살 시도라고 확신했다. 흥분한 프로테스탄트들은 복수를 다짐하며 결집했고, 그들의 보복이 두려웠던 가톨릭 파는 곧바로 재공격을 감행, 결국 콜리니 제독을 살해한다. 이날이 바로 8월 24일, 성 바르톨로메오 축일 새벽이었다.

콜리니 제독을 시작으로 가톨릭교도들은 무차별적으로 위그노들을 죽이기 시작했다. 결혼식에 참여한 앙리 드 나바르의 하객들이 1차 공격 대상이었고 그다음은 닥치는 대로였다. 하루가 지난 25일 국왕의 진압 명령이 떨어졌지만 소용없었다. 이미 일반 시민까지 광기에 휩싸였기 때문이다. 위그노라면 남자든 여자든 아이든 노인이든 마구 죽였고, 파리에서 시작한 학살은 이내 전국으로 퍼져 살육당한 위그노의 수가 수만 명에 이르렀다. 무참했던 학살은 무려 한 달이나 이어졌다.

이것이야말로 한나 아렌트가 말한 '무사유'와 '악의 평범성'일 것이다. 무사유는 생각하기를 포기한 상태로 "인간 최악의 상태는 자기 인식의 통제력을 잃은 때"라는 몽테뉴의 말과 같은 의미이다. 조금의 죄책감이나 문제의식 없이 말이다. 요즘 말로 치자면 '무개념'과 '불감증'의 총체라고나 할까. 광기에 휩싸이면 인간은 무사유 상태가 된다. 생각을 하지 못하는, 입력된 실행 프로그램대로 움직이는 로봇과 같다. 한나 아렌트가 규정한 악은 바로 이 무사유였다.

무사유 상태에서 악의 평범성은 자연스럽게 연결된다. 그러나 내 생각에 더 큰 문제는 악을 '사유思惟'한다고 하더라도 악은 평범해질 수 있다는 점이다. 그것은 개인이 악을 행하는 무리 속에 있을 때다. 그런 무리 안에서 개인의 사유는 큰 힘을 발휘하기 힘들다. 전쟁에 참여하는 모든 사람이 무사유 상태는 아니다. 나치 전범들 모두가 로봇이었을 리는 없다. 집단의 원칙과 명령이 무자비하게 강요되는 상황과 그것에 저항할 용기가 없는 사람들 속에서 악은 사유 상태에서도 얼마든지 평범해질 수 있다. 물론 성 바르톨로메오 축일의 대학살은 무사유 상태의 로봇들이 자행한 악이 맞다. 몽테뉴가 극악으로 치부했던 집단광기에 의한 악의 평범화였다.

그렇다면 대체 무엇이 더 나쁜 것일까. 무사유에서 행해진 악과 사유에서 행해진 악 중에 우리는 무엇을 더 경계해야 할까.

한 사람의 용기가 해독제

Montaigne's essai ∞∞∞∞∞∞∞∞∞∞

생명과 감정을 가지고 있는 짐승들뿐 아니라 수목, 심지어 하찮은 생명이라 하더라도 인류 전체가 져야 할 어떤 경의와 의무가 있다. 하물며 인간은 인간에게 정의로 대할 의무가 있다.

나는 어떤 악덕은 탐한다. 그러나 어떤 악덕은 성자에 못지않게 피한다. 페리파토스 학파(아리스토텔레스 파)들은 이러한 풀릴 수 없는 연결과 융합을 부인하지만, 아리스토텔레스는 현명하고 정의로운 인간도 무절제하고 음탕하고 난잡할 수 있다고 생각한다. 소크라테스는 누가 그의 인상에 악덕의 경향이 있다고 말하자 고백하기를, 사실은 그것이 자기가 타고난 천성이었으나 수양의 힘으로 교정했다고 답하였다.

악덕이 큰 힘을 발휘할 때는 이성이 거기에 도달할 수 없을 정도로 우리를 제압한다고 하면서, 그 예로 여자와 육체관계를 맺을 때 우리가 느끼는 경험을 끌어서 말한다. 그때의 쾌락은 우리를 너무 심하게 혼미하게 해버리기 때문에 우리의 사고력은 그 힘을 상실하고 완전한 탐락 속에 오그라들어 정신을 잃고 마는 경우가 많다.

그러나 나는 일이 반대로 될 수도 있어서 사람은 때때로 자기가 결심하면 바로 그 결심의 순간에 이성적인 생각을 할 수 있다는 것을 안다. 그러니 마음을 긴장시켜서 경계심으로 굳게 다져야 한다. 나는 사람들이 이 쾌락의 충격을 억제할 수 있음을 안다.

나는 내게 방종한 일이 있으면 마땅히 나 자신을 책망하였다. 그런 것 때문에 내 판단력까지 나쁘게 바뀌지는 않았다. 또한 나는 다른 사람의 잘못보다 나 자신의 잘못을 더 엄격하게 문책한다.

미투운동Me Too movement을 보면서 인간은 절대 나약하지 않다는 희망을 보았다. '사람은 믿되 상황은 믿지 않는다'는 내 신

조 중 하나였다. 인간이 나약하다는 전제하에 보면 옳은 명제이다. 상황의 힘은 언제나 넘을 수 없는 철벽처럼 느껴졌기 때문이다. 힘없는 소수가 아무리 뭉치고 싸워도 이 사회는 언제나 난공불락의 성 같았다. 그들의 목소리가, 그들의 행동이 아무리 커져도 언제나 '상황 논리'는 그들을 구석으로 내몰기만 했다.

지금의 운동을 평하고 싶은 생각은 없다. 여성의 입장에서 이것은 길게 이어온 눈물겨운 투쟁이었고, 실제로 나를 비롯한 많은 여성이 개인의 위치에서 조그맣게나마 소리치지 않은 사람은 없다고 생각한다. 현재 투쟁 중인 사람들을 나는 힘차게 응원한다. 우리 사회에서 이 운동은 힘겹게 내디딘 첫걸음이기에 좌절하거나 와해되지 않기를 진심으로 바라고 있다.

그렇지만 현재 진행 중인 이 운동의 방향과 목표가 내가 기대했던 것과 다른 것은 사실이다. 이렇게 말하는 이유는 아들과 딸을 키우는 부모로서 이 운동으로 내 아이들 누구도 상처 받지 않고 나아가 세상이 조금씩 좋아지고 있음을 두 아이 모두에게 확인시켜줄 수 있기를 바라서인데, 안타깝게도 그것은 아직 기대에 불과하다는 느낌이다.

용기 있는 여성들의 미투 증언이 하나둘 나오기 시작하면서 나는 떨리는 가슴을 주체할 수 없었다. 이제야 제대로 시작이 됐구나 싶었다. 내가 무엇을 하고 어떻게 동참하면 좋을지 날마다 고민했다. 친구와 같이 쓴 첫 책 서문에서 밝힌 것처럼 나는 내 딸에게 지켜야 할 약속이 있기 때문이다. '너에게는 다른 세상을 물려주기 위해 노력하겠다'는 그 약속.

내가 글을 쓰게 된 이유 중에는 딸에게 한 약속을 지키려는 내 의지도 포함되어 있다. 그래서 나는 내가 처한 위치에서, 내가 가진 능력으로 작은 무엇이라도 보탤 것이 있다면 죽을힘을 다해 그리하겠노라 다짐하며 산다. 그랬기에 미투운동의 시발점에서 내 심장은 두근댈 수밖에 없었다.

'딸아. 이제야 여자들이 목소리를 낼 수 있는 때가 왔나 보다. 엄마가 되는 일과 자신의 꿈을 이루는 일을 놓고 고통스럽게 선택을 강요당해야 하는 세상이 이제는 달라지려나 보다. 엄마가 너에게 만들어주고 싶은 세상이 조금씩 만들어지려나 보다.'

그런데 새로운 사실을 깨닫게 되었다. 내가 무언가를 놓치고 있다는 것을. 그것은 바로 내 아들이 받은 충격이었다. 전혀 생각하지 못한 일이었다. 당시 나는 아들과 함께 뉴스를 보면서 계속 흥분해 있었다. "저런 나쁜 놈들!" 내내 욕도 했다. 그러다 갑자기 어두워진 아들의 얼굴이 눈에 들어왔다. 이유를 묻는 내게 아들은 외려 되물었다.

"엄마. 사람들은 출세하고 싶잖아요. 성공하고 싶잖아요. 나도 그러고 싶은데, 어른이 돼서 성공하면 다 저런 사람들이 돼요?"

아-. 짧은 탄식이 내 입에서 터져 나왔다.

"아니야! 무슨 소리야? 절대 아니지. 네가 왜 저런 사람들처럼 돼? 당연히 아니고말고!"

격하게 부정했지만 이미 폭풍이 아들의 마음속을 할퀴고 지나갔다는 게 확연히 보였다. 나는 딸이 불필요한 걱정과 공포에 시달릴까 봐 걱정했는데, 상황은 그 반대였다. 그날부터 나는 아들과 눈을 맞추며 긴긴 대화를 시작했다. 이 운동이 시작된 이유와 의미에 대해서 말이다. 겉으로 보기에 남성은 가해자, 여성은 피해자로 보일 수 있다. 왜냐하면 지금까지 우리 사회는 잘못된 제도와 관행으로 남성들이 더 쉽게 높은 자리에 올라갈 수 있었고 그 지위와 힘을 악용해 상대적으로 약한 여성들을 괴롭혀 왔던 게 사실이니까. 그러나 힘 있는 남성이라고 해서 모두 저런 부류에 속하는 것은 아니다. 비뚤어진 권력욕과 권력의 남용은 여성들도 마찬가지다. 아마 높은 자리에 있는 여성에게 당한 남성들의 미투도 적지 않을 것이다. 그들이 여성들보다 상대적으로 소수여서 나서서 얘기를 못 할 뿐이다. 그러니 이 운동은 궁극적으로 여성과 남성이 싸우자는 게 아니라 남성이든 여성이든 정당한 방법으로 권력을 가지게 하고 그 권력을 함부로 사용하지 못하게 하는 '정의를 위한 싸움'이다….

나는 부단히 애썼다. 이 운동이 성별의 싸움이 아니며 그렇게 되지 않을 것임을 아들이 이해하도록. 문제의식을 느끼지 못할 정도로 우리 생활에 젖어있는 성차별 문화에 대해서도 여러 가지 예를 들며 설명해줬다. 혹시 어떤 말이나 상황이 남성의 입장에서 이해되지 않거나 헷갈리거든 꼭 엄마에게 물어줄 것도 부탁했다. 나에게는 내 아들이, 또한 모든 아들이 잘 커 주는 것 또한 내 딸에게 좋은 세상을 물려주고 싶은 마음만큼이나 중요하다는 인식이 아주 제대로 생겼다. 속된 표현으로 '아들 잘 못 키웠다고 나중에 며느리한테 욕먹지 않기 위한' 수준이 아니라, 세상은 어느 한 편이 만들어가는 게 아니니까 말이다. 남성 중심으로 세상이 돌아가느라 그동안 여성들이 힘겨웠던 것이기에 이제라도 '함께' 만들어가는 게 중요하다고 생각했다. 이 불균형을 다시 맞춰보겠다고 남성 중심을 여성 중심으로 바꾸는 게 아니라, 양쪽의 머리와 가슴이 '동시에 같이' 모여야 한다고 느꼈다. 누군가를 위한 세상이 또 다른 누군가에게 상처가 되어서는 안 되지 않겠는가. 모두가 행복한 세상이어야 한다. '남자가 여자를, 여자가 남자를'이 아니라 우리 모두가 그냥 서로를 한 사람으로 바라보고 이해할 수 있는 그런 세상.

여성들이 밖에서는 공중화장실도 마음대로 가지 못할 만큼 일상생활에서 겪어야 하는 온갖 종류의 폭력과 차별에 대해 모르는 바 아니다. 아니, 누구보다 잘 안다. 나도 겪었으니까. 20대

중반에 일명 '묻지마폭행'을 나도 당한 적이 있다. 내 집 바로 앞에서 전혀 알지 못하는 남자에게 둔기로 머리를 맞아 무려 12바늘을 꿰매고 죽을 고비를 넘겼다. 그때 내가 입었던 정장이 온통 피로 적셔졌을 만큼 어마어마한 양의 피를 쏟았다. 그저 머리 한 군데를 맞고 끝났던 일이었지만, 내가 기절했던 순간이 10초가 아니라 30초였다면, 내 몸이 엘리베이터 문에 걸리지 않고 다 들어갔다면, 내 비명을 듣고 1층의 이웃이 나와 주지 않았다면 나는 더 큰 일을 당했거나 죽었을 것이다. 10대 후반이나 20대 초반의 남자를 전혀 알지 못했던 나에게 경찰은 단 몇 가지 질문을 끝으로 '면식범일 것이다'로 수사를 종결했다.

비슷한 시기에 인근에서 나와 똑같은 일을 다른 두 명의 여성이 먼저 당했던 걸 보면 범인은 여성혐오를 가진 소시오패스였을지도 모른다. 그런데도 경찰은 '우리들'이 범인의 얼굴을 정확히 보지 못했고 CCTV도 없다는 이유로 '잡을 수 없다'로 쉽게 결론을 내렸다. 당시 나는 그 범인보다 그렇게나 형식적이고 무성의하게 조사를 끝냈던 경찰들에게 살의를 느꼈더랬다. 그 일이 있고 우리 가족은 바로 이사를 했다. 20년이 지난 일이지만 나는 아직도 '45도 뒤에 있는 남자'와 '엘리베이터'에 대한 공포가 있다.

세상은 점점 더 험해지고 도처에 사이코패스와 소시오패스들이 활보하고 다닌다는 게 나도 무섭다. 묻지마폭행도 그렇지만 여성으로 살면서 대중교통 안에서의 온갖 성추행, 사회생활에서의 일상적인 성희롱 등에서 자유로웠던 적이 없다. 나뿐아니라 대한민국의 웬만한 성인 여성이라면 한 번쯤은 비슷한경험이 있을 것이다. 그런데도 나는 지금의 미투운동과 여성의연대가 딱 그 괴물들만을 상대하는 것이어야 한다고 본다. 그러려면 우선 진짜 괴물과 닮은 사람을 잘 구별해내야 한다. 우리가 당했다고 함부로 돌을 던져 억울한 피해자가 생기지 않도록.

어렵사리 용기를 낸 여성들의 외침과 절규가 이 세상 모든남성을 적으로 만들기 위함이 아님을 우리는 잘 안다. 16세기의 종교전쟁처럼, 성 바르톨로메오 축일의 대학살처럼 서로가극단의 길로 치달아 악순환이 반복되어서는 안 될 일이다. 30년의 종교전쟁은 프로테스탄트였던 앙리 4세(나바르 공)가 결국자기 종교를 버리고 가톨릭으로 개종한 뒤 위그노에게 일부 종교의 자유를 허용하는 낭트칙령을 공포하면서 끝이 났다. 자기희생으로 가톨릭의 신뢰를 얻고, 그 신뢰를 바탕으로 위그노에게 작지만 소중한 선물을 선사한 것이다. 완전한 종결은 아니었지만 30년이라는 긴 세월의 프랑스 종교전쟁은 그렇게 일단락되었다.

이 운동이 정말 모든 여성이 원하는 올바른 결실을 보기 위해서는 비단 여성들뿐 아니라 남성들의 지지와 동의도 필요하다. 몽테뉴의 믿음처럼 수양의 힘을 가진, 쾌락의 충격을 억제할 수 있고, 자신을 책망할 줄 아는 많은 남성들 말이다. 특히 내 아들처럼 '남성이 되어가고 있는' 아이들에게는 더 큰 지지와 동의를 얻어야만 한다. 이 아이들이 지금의 운동을 통해 마음이 닫히거나 편견이 생길까 봐 걱정이다. 내 아들이 그랬던 것처럼 세상이 생물학적으로 남성인 자신들을 곱지 않은 시선으로 바라본다고 느낄 때, 자신이 건강하게 성장하지 못할지도 모른다는 두려움을 가질 때, 그들이 받는 상처와 반감에 대해서도 한번쯤은 생각해보면 좋겠다. 이 아이들이 잘 자라나야 진짜 세상은 달라질 테니까.

우리 안에 있는 잔인함

Montaigne's essai ∞∞∞∞∞∞∞∞∞∞

  악덕은 그것이 어떤 악덕이든 악덕인 점에서는 같다. 그러나 똑같이 악덕의 이름으로 불리긴 하지만 동급의 악덕은 아니다.

  죄악의 서열과 정도를 혼동함은 위험한 일이다. 그러다가는 살인범·반역자·폭군들이 너무 이득을 본다. 그렇다고 게으르다든지, 음탕하다든지, 신앙에 열성이 부족한 사람이 자기 양심의 책임이 작다고 할 수는 없다. 그렇게 말한다면 자기 동무의 죄악은 들추면서 자기의 책임은 덮어두는 꼴이다.

소크라테스가 "예지의 주요 역할은 선과 악의 구별에 있다."고 말한 것과 같이 인간으로서 우리는 악덕은 면치 못할 터이니, 학문은 악덕을 식별하기 위해 있다고 말해야 할 일이다. 그것이 정확히 구분되지 않으면 도덕군자와 악인이 혼동되어 알아볼 수 없게 될 것이다.

우리가 예사롭게 저지르고 있는 배신·불성실·포악·잔인성 등 도리에 어긋나는 행위는 어떠한 이유로도 변명 될 수 없다.

나는 살아 있는 짐승을 잡으면 반드시 들에 놓아준다. 짐승의 피 보기를 좋아하는 성질은 잔인성을 즐기는 천성을 보여준다. 본래 인간의 본성 자체에 비인간성이 결부된 것이 아닌가 두려워진다.

벌써 5~6년 전의 일이다. 딸아이가 흥분한 채 집으로 들어와 그날 아침 학급 친구에게 있었던 일이라며 전해준 얘기는 놀라움 그 자체였다. 친구(남자아이)가 등굣길에 납치를 당할 뻔했는데 당시에는 당황한 나머지 잘 느끼지 못하다가 학교에 와서야 잡혔던 손목이 너무 아프다며 울었다는 것이다. 그리고 그제야 선생님과 학급 아이들은 일의 정황을 알게 되었단다.

나는 그날인지 그다음 날인지 당사자인 그 아이를 만날 수 있었다. 내 아들과 같은 태권도학원에 다니고 있어서 아들을 데려다주는 길에 마주친 것이다. 얼마나 놀랐냐고 아이를 달래주다가 궁금했던 이것저것을 좀 더 물어보았고 아이는 그날 일을 모두 털어놓았다. 그 아이와 가장 친한 친구가 마침 태권도학원을 같이 다니고 있었고 사건 당일 현장에도 함께 있었기에 부연 설명까지 자세히 들을 수 있었다.

두 아이가 전해준 범인의 인상착의, 행동은 정확히 일치했다. 아이들은 범인이 입고 있던 등산복과 모자 색깔까지 기억하고 있었다. 나는 정말로 소름이 돋았다. 현장은 내가 살고 있던 아파트 단지 안이었는데, 인적이 조금 드문 곳이긴 했지만 아침 시간 만큼은 등교하는 아이들과 등산객이 자주 이용하는 길이라 평소 위험하다고 느끼지 않았다.

그런데 내가 더욱 놀랐던 것은 며칠이 지나도록 이 일을 아는 학부모들이 별로 없다는 사실이었다. 딸아이의 같은 반 친구들을 제외하고는 학교 차원에서도 공유가 안 되는 것 같았다. 일단 나는 주변의 몇몇 친한 사람들에게 이 일을 말해주면서 아이들을 조심시키라고 당부했다. 그 일은 '납치미수'였다. 큰일이고도 큰일이었다. 천만다행으로 사건은 벌어지지 않았지만 언제고 다시 벌어질 수 있는 일이었단 말이다. 이 사건을 전해 들은 어떤 학부모는 내 마음과 똑 같았는지, 학교에 전화를 걸어 그 일이 실제 벌어진 일이 맞는지 확인을 했던 모양이다. 학교 측에서 사실 확인을 해주자 학부형은 그 즉시 모든 학생과 학부모에게 이 일을 주지시켜줄 것과 재발 방지 대책을 세워 알려달라고 부탁을 했단다. 그 전화 덕분에 그제야 학부모들에게 단체 문자가 공지되었다.

그즈음에 당사자 아이의 엄마와 통화를 한 적이 있었는데 아이의 엄마는 파출소에 신고했으니 걱정하지 말라며 이 일이 더 알려지기를 원하지 않는다고 말했다. 안 그래도 아이가 충격을 받아 마음이 아픈데 이 일로 트라우마가 생기면 안 될 것 같다는 게 이유였다. 엄마로서 당연한 우려였고 나라도 똑같은 마음이 들었을 것이기에 알겠다고 대답한 후 전화를 끊었다.

나는 아이의 엄마가 분명히 신고했다고 해서 마음을 놓아도 되겠다고 생각했다. 그런데 이상했다. 나는 사건 직후 등교 시간마다 사건 현장을 자체 순찰하고 있었다. 한 달이 넘도록 그 길을 지켰다. 학교 측의 공지 문자가 온 이후 2~3일간은 인근 파출소 경찰관 두어 명이 등교 시간에만 잠깐 순찰하는 게 보였다. 그런데 그게 다였다. 단체 문자 이후 학교 측에서 아무런 추가 조치가 없었고 경찰도 고작 며칠간의 순찰을 끝으로 더는 나타나지 않았다.

화가 났다. 누구도 재범의 가능성을 염두에 두지 않는 것처럼 보였기 때문이다. 그 아이의 엄마가 했던 신고가 누락된 게 아니라면, 학교와 경찰이 이 사건을 대수롭지 않게 여기고 있다는 결론에 도달할 수밖에 없었다. 하긴 학교의 단체 문자는 아주 일반적이고 상투적인 안내 문자였다. 이 일을 모르는 학부모라면 그냥 대충 넘기고 말 그런 내용이었다.

그런데 주변에 어떤 분이 나에게 전화를 걸어왔다. 그분 역시 걱정이 가득한 채 조심스럽게 나에게 부탁할 게 있다고 했다. 자신이 우리 아파트 주민이 아니기에 나설 수 없으므로 대신 내가 경비실에 찾아가 CCTV를 확인해줄 수 없겠냐는 것이었다. 밑져야 본전이라 생각해 경비실에 찾아가 사정을 말씀드려 보니, 다행히 아직 그날의 기록이 남아있었다. 화면을 본 나는 또 한 번 소름이 돋지 않을 수 없었다. 아이들이 말했던 인상착의 그대로 범인이 그 안에 있었던 거다. 사건 현장을 바로 비추는 CCTV는 없었기에 아이의 손목을 잡아끈 장면은 확인할 수 없었지만 분명 출구를 빠져나가는 범인이 찍혀 있었다.

나는 즉시 담임 선생님께 이 사실을 알렸다. 그 아이의 엄마에게도 알리고 싶었지만 조용히 있어 달라는 부탁을 어기고 내가 CCTV까지 확인한 걸 알면 불쾌해할까 봐 조심스러웠다. 나는 조용히 담임 선생님하고만 상의를 했다.

이후의 일은 나도 잘 모른다. 내가 한 일은 거기까지다. 그 아이 엄마의 말도 마음에 걸렸고 증거가 나왔으니 조사가 진행되겠거니 했다. 시간이 흘러 주변에서 전해 듣기로는 학교 측과 경찰 모두 CCTV를 확인했다고 한다. 그런데도 주변은 마냥 조용했고 그 일을 입에 담는 사람도, 학교와 경찰의 어떠한 후속 조치도 없었다.

왜 아무런 조치가 없었는지는 좀 더 나중에 알게 되었다. 그동안 상상하지 못했던 참혹함이 벌어지고 있었다. 담임 선생님이었는지 학교의 어떤 엄마였는지 정확히 기억나지는 않지만 누군가 전화를 걸어 분명 이렇게 말했다.

"그런데 그 아이가 정말 그 일을 당하긴 했나요? 학교에서는 아닐 수도 있다고…."

뒤이어 한 말은 더 무참했다.

"걱정돼서 말씀드리는 건데 조심하셔야 할 것 같아요. CCTV 보신 거 불법인 거 모르셨죠? 여차하면 고발당하실 수 있어요."

어떻게 이럴 수가 있나 사람들이. 한 아이가 큰 위험에 빠질 뻔했고, 나는 그 아이를 만나 사건의 전말을 들었고, 그 아이가 말한 범인은 한 치의 오차 없이 CCTV에 다 있는데. 아이의 말을 거짓으로 만들고 나를 입막음까지 해야 하는 이유가 대체 뭐란 말인가.

힘들게 기억을 더듬으며 나에게 모든 걸 말해주던 아이에게 나는 대체 무엇을 해주었나. 학교에서, 지역에서 함께 아이 키운다는 사람들이 어떻게 사건을 이렇게 처리할 수 있단 말인가. 내가 끝까지 물고 늘어졌다면 어떻게 됐을까. 혹시라도 아이 엄마가 나를 몰아세울지언정, 다른 사람들이 왜 저 엄마는 저렇게 설치냐고 손가락질할지언정 내가 포기하지 않았다면. 나는 그 아이에게 미안하고 미안해서 며칠을 울었다.

사람들이 너무나 무서웠다. 실로 인간보다 더 잔인한 동물은 없었다. 납치미수범보다 더 나쁜 사람들은 행여나 이 일로 책임을 질까 봐 몸을 사리던, 아니 몸을 사리다 못해 피해자인 아이에게 되레 더 상처를 준 선생님들, 학부모들이었다. "인간의 본성 자체에 비인간성이 결부된 것이 아닌지 두렵다."던 몽테뉴의 말이 딱 그때의 내 두려움과 같았다. 어떠한 이유로도 변명될 수 없는 그 잔인함이, 아이를 가르치는 선생님들 속에서, 자식을 키우는 부모들에게서 나왔다는 사실이 끔찍하다.

30년 전쟁 특히 바르톨로메오 대학살을 겪으면서 "우리가 끝까지 지켜야 할 것은 오직 인간성"이라고 그토록 외쳤던 몽테뉴라면 이 사건을 어떻게 해결했을까.

그때 나는 언젠가 이 일을 반드시 글로 밝히리라 결심했다. 나를 비롯한 사람들의 무한한 이기심과 비굴함과 잔인성에 대해. 무력한 내가 할 수 있는 일이라고는 이것밖에 없다. 그러나 나는 그 아이가 끝까지 이 일을 모르기를 바란다. 어른들이 자신에게 무슨 일을 했는지 그 아이는 몰라야 한다.

이것으로는 부족하지만 그래도 그 아이에게 진심으로 말하고 싶다. 미안했다고. 지금도 여전히 미안하고, 죽을 때까지 나는 너에게 미안해할 것이라고. 그리고 나는 너의 말을 온전히 다 믿고 있다는 것도.

10장

끊임없이
의심하라

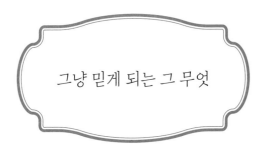

그냥 믿게 되는 그 무엇

Montaigne's essai ∞∞∞∞∞∞∞∞∞∞∞∞

내 견해도 그렇지만 소크라테스의 의견으로는 하늘의 일은 인간의 머리로 판단하지 않는 것이 하늘을 가장 잘 판단하는 일이다.

사람은 참으로 지각이 없다. 그는 벌레 하나 만들 힘도 없으면서 신을 열두어 개씩이나 만들어낸다. 주베날리스(로마의 시인)는 어느 고장에서나 이웃 나라의 신들을 혐오하고 자기들이 숭배하는 것만을 신으로 모셔야 한다는 확신 때문에 민족들의 이런 광분이 터진다고 말했다.

　자기와 반대되는 사상(종교)을 가질 수 없다고 확신할 만큼 자기를 현명하다고 생각하는 것은 참 언짢은 병폐이다. 더욱더 언짢은 일은 내세의 일에 희망과 공포를 품는 사상(종교)을 물리치고, 인간에게는 현세에서의 어찌 될지 모르는 불균형한 운명밖에 없다는 식의 사상을 갖는 일이다.

　이 노래(기도)는 양심에서 나와야지, 혓바닥에서 나와서는 안 된다.

　우리의 판단력과 의지를 결부시키고 우리의 마음을 다하여 창조주에게 매어줄 매듭은, 우리의 사색이나 이성과 정열이 하는 일이 아니다. 거룩하고도 초자연적인 힘에서 나오는 매듭이라야 할 것이다.

　클레오비스와 비톤은 여신에게, 그리고 트로포니오스와 아가메데스는 신에게 그들의 경건한 행적에 마땅한 보상을 요구했더니, 그들은 신들에게서 선물로 죽음을 받았다. 우리에게 필요한 것에 관한 신들의 생각은 우리의 생각과는 이렇게도 다르다.

　하느님은 우리에게 부유와 명예와 생명과 건강까지도 내려주며,

그것이 어느 때는 우리에게 해로운 것이 되게 할 수도 있다. 왜냐하면 우리에게 기분 좋은 모든 것이 이로운 것은 아니기 때문이다. 그것은 우리가 할 수 있는 것보다 훨씬 더 우리가 당해야 할 일을 고려하는 신의 뜻에 의하여 내리는 일이니, 우리는 그것이 지극히 현명하고 친절한 손으로 내리는 것이라고 여겨 좋은 의미로 받아들여야 한다.

◇◇◇◇◇◇◇◇◇◇◇◇◇◇◇◇◇◇◇◇◇◇◇◇◇◇◇◇

　나는 모태신앙이다. 엄마가 독실한 가톨릭 신자였는데 오빠와 난 종교라는 게 뭔지도 몰랐을 때부터 그냥 신자였고 무교였던 아버지는 40대에 세례를 받으셨다. 긴 세월 엄마가 정성스럽게 신앙생활을 하는 것을 보시고 마음이 돌아섰다고 하셨다. 나는 아무 생각 없이 성당을 다녔다. 미사는 늘 지루했고 재미없었다. 초등학교 저학년 때 성당 다니는 게 너무 싫다고 일기장에 썼다가 엄마한테 혼났던 기억이 나는 걸 보면 아마도 엄마의 강요로 몸만 왔다 갔다 한 것 같다.

　계기는 중2 때 찾아왔다. 외할머니가 긴 투병 끝에 돌아가셨는데 그때 처음으로 '죽음'에 대해 생각하면서 자연스럽게 종교관이라는 게 생성되었다. 왜 하느님은 사람을 만들어냈을까, 결국 죽게 할 거면서. 이 생각을 가장 많이 했다. 그러면서 인간은 신의 장난감 같다고 여겼다. 태어날 때부터 운명이란 게 정해진 걸까? 어떤 사람은 오래 살고 어떤 사람은 일찍 죽고, 또 어떤 사람은 부자로 살다 죽고 또 다른 사람은 평생 가난하게 살다 병들어 죽고. 와~ 완전 차별이네. 그러면서 무슨 모든 인간을 사랑한대? 이게 사랑이야?

풀리지 않는 문제를 가지고 며칠을 끙끙거리다 결국 수녀님께 상담을 요청했다. 어린 학생이 쏟아내는 거침없는 질문에 수녀님은 꽤 황당하셨을 것이다. 그러나 미동 없이 얼굴에 살짝 미소까지 머금고 해주신 말씀은 이랬다.

"그럼 다 사랑이지. 요안나, 그냥 수녀님 말 믿어."

상담은 5분도 안 돼 끝났다. 나는 얼굴이 시뻘게진 채 문을 박차고 나왔다.

"내가 겨우 이런 말씀 듣자고 여기까지 온 거야?"

이후 나는 대학생이 될 때까지 냉담했다.

아버지가 첫 발병 당시 6개월 시한부 선고를 받고 2년 만에 완치판정을 받으셨을 때 의사는 '기적을 봤다'고 말했단다. 그때 나는 정말로, 진심으로, 감사의 기도를 올렸다. 신은 존재한다는 것을, 함부로 당신의 '사랑하는' 피조물을 데려가시지 않는다는 것을 믿었다. 그러나 1년도 안 돼 재발하고 더는 가망이 없다는 얘기를 들었을 때 내 마음속에 어떤 확신이 생겼다. 나는 앞으로 다시는 기도를 할 수 없을 것이라고. 종교를 내려놓아야겠다고.

엄마의 일을 겪는 동안 나는 용기를 내어 성당에 간 적이 있다. 수녀님께 또 한 번 매달렸다.

"제발 수녀님. 좀 알려주세요. 기도를 어떻게 해야 하는 건지. 어떻게 하면 제 기도를 들어주실지 좀 가르쳐주세요!"

수녀님이 나를 꼭 안아주시며 이렇게 말씀해주셨다.

"자매님. 그냥 욕을 하셔도 돼요. 하느님한테 원망 다 쏟아내시고 거친 말도 하세요. 그게 다 기도랍니다."

그것도 기도라는 걸 처음 알았다. 처음으로 수녀님 말씀이 위안이 됐다. 절박하게 답을 갈구했고 수녀님은 그런 내게 딱 맞는 답을 주셨지만 어쩐지 나는 그렇게 할 수가 없었다. 내가 기도하는 법을 알았다고 해서 내 기도를 들어주실 것 같지는 않았기 때문이다. 원망도 욕도 할 수가 없었다. 그것도 나에게 어느 정도 힘이 남아있을 때나 가능한 얘기였다. 그때의 나는 무기력했고 껍데기만 남아있었다. 아무 감정도 의지도 의욕도 없던 나날들이었다.

그런데 이상한 일이 일어났다. 엄마의 49재가 지나고 바로 다음 날, 나는 말로 형언할 수 없는 신비한 꿈을 꾸게 됐다. 엄마의 목소리가 들려 무심코 하늘을 올려다보았다. 동그랗게 하늘에 구멍이 뻥 뚫렸다. 천상 세계에서 마치 바닥의 맨홀뚜껑을 여는 것처럼 말이다. 꿈속에서 나는 생각했다. '하늘의 문이 열린다는 성경 말씀이 바로 이건가?' 그 구멍을 통해 지상으로 빛이 쏟아져 내렸다. 구멍 속으로 보이는 천상의 공간에 흰 구름 같은 것이 천천히 흘러갔다. 그것을 보고 내가 "엄마!" 하고 불렀다. 아무런 의심 없이 그 구름 같은 것이 엄마라는 걸 한눈에 알아봤다. 생선의 육성과 똑같은 소리로 엄마가 내 이름을 또 불러주었다. 큰소리로 내가 물었다. "엄마 여기 또 올 수 있어?" 엄마가 대답했다. "허락하시면 또 갈 수 있어." 나는 엄마의 대답 안에 생략된 주어가 '하느님이'라는 것을 대번에 인식했다. 꿈은 거기까지였다.

자면서도 눈물을 흘렸나 보다. 그런데 슬퍼서 운 것 같지는 않았다. 돌아가시고 한 번도 꿈에 나타나시지 않아 언제쯤 볼 수 있을까 기다렸는데, 엄마는 구름으로 나에게 나타나셨다. 무기력과 절망 속에서 아무런 기도도 할 수 없었던 나에게 그분은 내가 무슨 기도를 하고 싶어 하는지 다 아셨다는 듯 엄마를 내 앞에 보내주셨다. 아니, 아닐지도 모른다. 내가 확신할 수 있는 것은 아무것도 없다. 그렇지만 더 필요한 건 없었다. 그걸로 충분했고 더 이상의 의심은 생기지 않았다.

나는 그냥 믿는다. 기적을 바라지도 않고 사람들을 종교로 인도하기 위해 내 꿈을 함부로 발설하지도 않는다. 내가 믿는 것은 그저 내가 믿는 신이 존재하고 그 신은 언제나 내 말을 듣고 계신다는 것이다. 원하는 바가 이뤄져야만 기도를 들어주시는 것이 아니라는 걸 알게 됐을 뿐이다. 그걸 알게 되기까지 긴 세월이 필요했다.

그러나 정확하게 말하고 싶은 것은 내가 믿는 것은 신이지 종교가 아니라는 점이다. 사실 종교는 불신한다. 앞서 얘기했던 수녀님들은 내가 만난 '좋은' 성직자들이셨지만 정치적이고, 부패하고, 타락하고 심지어 오만하기까지 한 성직자도 많이 만나봤다. 몽테뉴가 "이 노래(기도)는 양심에서 나와야지, 혓바닥에서 나와서는 안 된다."고 한 것처럼 행동 없이 혓바닥으로만 노래하는 무늬만 성직자인 사람들이 생각보다 많다. 비단 가톨릭만 그런 게 아니다. 입만 열면 돈타령에 자식들을 죄다 외국 유학 보낸 목사, 사귀는 여자친구가 있다고 대놓고 자랑하는 스님도 봤다.

16세기만 그런 게 아니라 여전히 이 땅의 종교들은 제 역할을 못 하고 있다. 독실하진 않지만 나는 내 종교도 그렇게 좋아하지는 않는다. 시대착오적이고 보수적인 교회법이 못마땅한 때가 많다. 교회법이 엄격해 신을 향한 내 진심이 외면당하거나 배척당하는 일이 생길 때면 나는 그냥 성당 패싱을 한다. 나와 신이 직접 소통할 수 있다고 믿기 때문에 중간에 다른 무엇은 나에게 그리 큰 의미가 없다. 신이 가르치는 사랑을 내가 아는 바대로 실천하고 산다면 나로서는 그게 믿음이고 종교다. 그 가르침에 반하여 사는 게 문제지, 종교 그 자체에 인정을 원하지도 않고 따라서 상처받을 일도 없다.

어차피 한 신 아래 인간들끼리 그 많은 종교를 구분하고 나눈다는 자체가 어불성설이다. 종교전쟁은 여전히 현재진행형이다. 세계 어느 곳에서는 16세기의 성 바르톨로메오 축일 대학살 못지않은 살상이 아직도 재현되고 있다. 그러니 종교에 대해서는 나는 더는 할 말이 없다.

끄세쥬(Que sais-je?) &
에포케(epokhe)

Montaigne's essai ∞∞∞∞∞∞∞∞

인간이 고찰한 바로, 이 피론주의만큼 진실하고 유익한 것은 없다. 이 사상은 인간성의 허약함을 인정하고, 어떠한 독단론도 세우지 않고, 겸허하고 순종하며 훈련받을 수 있고, 요사스러운 종교와는 불구대천의 원수이다.

피론학파의 주장은 의심하며, 물어보며, 아무것도 확언하지 않고, 아무것도 책임지지 않는다. 끊임없이 무지를 고백하며, 어느 편으로도 기울어지지 않는 판단을 하는 자는 누구나 다 피론주의를 품고 있는 것이다. 나는 될 수 있는 한 이 사고방식을 밝힌다. 편견에 사로잡히지 않게 보장된 정신은 고요하고 평온한 생활을 향해 놀라운 진척을 이루고 있다.

내가 나를 여러 가지로 말한다면, 그것은 내가 나를 여러 가지로 보는 까닭이다. 때와 장소, 어떤 방식에 따라 나에게는 모순이 생겨난다. 부끄럼을 타고 건방지고, 정숙하고 음탕하고, 수다스럽고 시무룩하고, 억세고 연약하고, 약고 얼빠지고, 울적하고 온후하고, 박학하고 무식하고, 거짓말쟁이고 정직하고, 관후하고 인색하고 낭비하는 이 모든 것을 나는 알아본다.

누구든 세밀히 자기를 살펴보는 자는 자기 속에, 자기 판단력 속에 이런 변덕과 충돌이 있음을 발견한다. 나에 대하여 나는 절대로 단순하고 견고하게, 혼란이나 혼동 없이, 또는 한마디로 말할 것도 없다. Distingo(잡다화한다)는 내 논리의 가장 보편적인 항목이다.

짐승과 우리 사이의 의사소통이 불가능하게 된 결함이 어째서 그들에게 있고, 우리에게는 없다는 말인가? 우리가 서로 이해하지 못하는 결함의 책임이 누구에게 있는가는 다시 생각해봐야 할 일이다. 우리가 그들을 짐승이라고 보는 만큼, 그들도 우리를 짐승이라고 볼 수 있다. 같은 인간이라도 우리는 바스크인들이나 트로글르

디트 족(동굴 속에서 사는 족속을 이름)의 말을 알아듣지 못한다.

인간이 사색과 공상으로 스스로 만드는 특권은 아무런 실속도 가치도 없다. 그리고 인간만이 동물 중에서 사색하는 자유와 사상의 혼잡성을 가졌다는 것은 별로 자랑할 거리도 못 된다. 왜냐하면 거기서 죄악·질병·우유부단·번민·절망 등 그를 압박하는 불행의 주요 원천이 생겨나기 때문이다.

나는 나와 반대되는 사상들을 미워하지 않는다. 나는 내 판단력이 남의 것들과 합치되지 않는다고 해서 겁을 내거나, 사람들의 방향과 파당이 나와 다르다고 해서 사람들과 서로 소통하지 않고 지낼 생각은 가져본 일이 없다. 그 반대로 다양성이라는 것은 자연의 가장 전반적인 방식이며, 정신은 더 부드럽고 더 많은 형태를 받아들일 수 있게 돼 있다. 이 다양성은 육체보다 정신에 더 많기 때문에 나는 우리의 의견이 합치하는 것을 보는 일이 더 드물다고 본다.

그래서 세상에 두 의견이 똑같아 본 일이 결코 없었던 것은 털 두 개와 씨앗 두 낱알이 똑같아 본 일이 없는 것과 같은 이치이다. 의견의 가장 보편적인 소질, 그것은 다양성이다.

피론학파들이 최고선을 판단력이 흔들리지 않는 정신의 조용하고 온화한 상태라고 말할 때, 그들은 이것을 긍정적인 태도로 이해하는 것이 아니다. 낭떠러지를 피하고 밤이슬을 맞지 않으려는 바로 그 정신이 그들에게 이런 생각을 하게 하고 다른 생각을 거부하게 한다.

◇◇◇◇◇◇◇◇◇◇◇◇◇◇◇◇◇◇◇◇◇◇◇◇◇◇◇◇

피론회의주의는 고대 그리스의 철학자 피론Pyrrhōn(기원전 360~270년)에서 비롯되고 기원후 2~3세기에 섹스투스 엠피리쿠스Sextus Empiricus가《피론주의 개요Purrhoneioi Hupotuposeis》를 발표하면서 본격적으로 발전하기 시작한다. 몽테뉴는《에세》첫 출판 즈음 피론회의주의에 푹 젖게 된다. 피론회의주의는 스토아주의, 에피쿠로스주의와 함께 대표적인 헬레니즘 사상의 하나로 구분되며, 어떤 현상에 대한 인간의 해석에 근본적인 의문을 제기하면서 모든 확신을 거부한 채 판단을 유보하는 입장을 갖는다. 에포케epokhe가 바로 '판단을 보류한다'는 뜻의 그리스어이다. 에포케로써 마음의 평안, 즉 아타락시아ataraxia를 지향하는 피로니즘을 통해 몽테뉴는 '상대성'과 '다양성'을 자신의 가장 중요한 사상적 토대로 삼게 된다.

굳이 사물과 어떤 현상의 해석까지 갈 필요도 없이 우리는 자주 자기 내면도 정확히 알지 못한다. 수년 전부터 인문학 열풍이 부는 이유도 인간은 누구나 '나는 누구인가'라는 근본적

물음에 답을 찾고 싶기 때문일 것이다. 몽테뉴에 따르면 내가 나를 모르는 데는 여러 가지 이유가 있다. 인간의 이성이 온전히 신뢰할 만하지 않고, 인간의 감정은 같은 일로 웃기도 울기도 할 만큼 양면적인 데다가 인간의 감각 또한 불완전하기 때문이다. 욕망의 경향에 따라, 날씨의 변화에 따라, 사람들의 여러 의견과 사정에 몰려서, 심지어는 옷차림에 따라서도 사람은 변하며 화장실에 들어갈 때와 나올 때마저도 같은 사람이 아닐 수 있으니 인간만큼 종잡을 수 없는 종種이 또 있을까.

몽테뉴가 인간의 모든 판단을 보류하게 되는 또 다른 근거는 동물에 대한 그의 관점에서도 알 수 있다. 이것은 그의 상대성과 다양성에 대한 인식의 깊이를 보여주는 척도이기도 하다. 내가 고양이와 놀고 있을 때, 과연 내가 고양이를 데리고 노는 것인지 고양이가 나를 데리고 노는 것인지 어떻게 알 수 있냐는 말이 대표적이다. 그의 설명에 의하면 동물은 지식과 예지가 있으며, 꿀벌과 개미처럼 질서 있는 조직사회 형성도 가능하고, 같은 종끼리 생존에 관한 교육도 이루어지고 있다. 또한 우정과 사랑을 느끼고 질투심과 시기심도 표현할 줄 알며 심술궂은 꾀, 인색함까지도 갖고 있다. 《에세》 2권 12장의 「레이몽 스봉의 변호」 장에서 몽테뉴가 보여주는 피론회의주의에 대한 깊은 고찰 속에는, 인간을 모든 생명의 가장 우월한 존재로 인식하고 그 우월성의 근거를 '이성'으로 삼고 있는 기존 철학에 대한 강한 반감이 들어있다. 그래서 그는 인간과 동물을 같은 수준 혹은 그 이하로 돌려놓으며, 인간은 다른 동물들보다 위에도 아래에도 있지 않고, 충성심으로 말하면 세상에 사람만 한 배신자는 없다고 주장한다.

가히 '불확실성밖에 다른 확실성은 없다'고 하는 말이 세상의 유일한 진리일지도 모르겠다는 생각이 들기도 한다. 당최 끝날 것 같지 않은 신구교 간의 싸움을 보면 신의 뜻이나 진리에 대한 탐구는 요원하고도 불가능한 일처럼 느껴졌을 것이다. 게다가 그들이 야만으로 규정한 신대륙에서는 대자연의 섭리와 완벽한 인간의 질서가 보이니, 사람들이 무엇이든지 확신에 차 단정적으로 말하면 그것을 진실로 받아들이고 싶지 않아진다는 몽테뉴의 마음이 이해가 된다. 그런 이유로 그는 1576년에 "나는 무엇을 아는가?Que sais-je?"라는 말을 저울대에 표어로 새겨놓고 자만과 오만으로부터 자신을 철저히 경계하고 방어했던 것이다. '나는 아무것도 모른다, 그러나 그것마저도 확신할 수 없기'에 끝내 판단을 보류하는 길을 택하게 되는 것이다.

그러나 몽테뉴는 말년에 결국 이 회의주의에서 벗어났음을 고백한다. 양비론에 빠질 수 있는 회의주의의 한계를 극복하고 진리는 하나의 똑같은 보편적인 모습을 가져야 한다는 결론에 도달한 것이다. 그렇다고 상대성과 다양성의 무게가 줄어든 것은 아니었다. 다만 비종교적 영역에서 인간이성의 판단을 신뢰할 때라야 보편타당한 진리와 고정불변의 도덕이 확립된다는 결과를 다시금 인정하게 된 셈이다.

나는 비교적 주관이 뚜렷하고 당위가 중요했던 사람이다. 문장을 '~같다'로 끝내는 것도 싫어할 정도였다. 뭘 좋아하고 뭘 싫어하는지 자신 있게 대답을 못 하는 사람을 보면 답답했고, 어떤 현상에 대해 '잘 모르겠다'는 식으로 말하면 진짜 몰라서라기보다 생각하기를 싫어하는 것이라고 단정하기도 했다.

과거의 나를 기준으로 하면 피로니즘은 조금도 내 마음에 와닿지 않았을 것이다. 회의주의자들을 향해 비겁한 회피주의자들이라고 비난했을 것 같다. 지금의 나는 그렇지 않다. 판단을 보류하지는 않으나 나의 판단은 언제든 바뀔 수 있다고 생각한다. 다시 말하면 '옳고 그름', '맞고 틀림'에 대한 내 기준은 늘서 있으나 최소한 '다름'에 대한 배척은 없도록 한다는 것이다. 그 다름이 내 기준에서 그르거나 틀릴지라도 그것을 이해해보려는 시도 없이 함부로 평가부터 하지 않으려 노력한다. 옳고 그름의 기준을 진리의 보편성에 두지 않고 내 편과 내 편이 아닌 것에 두는 것이야말로 세상을 카오스 상태로 만드는 근본

악이라 생각하게 됐다.

단적인 예로 내 친정은 친가, 외가 모두 보수당을 지지하는 어른이 대부분이다. 아니, 대부분이 아니라 그냥 전부 다. 또한 그 지지의 강도가 매우 센 편이다. 그런 집안에서 나는 정말로 돌연변이 같은 존재다. 어쩌다 가족 모임에서 정치 얘기가 나올 때면 나는 입을 다물고 있거나 눈치껏 자리를 피했다. 괜한 분란을 만들고 싶지 않아서다. 내내 불편했고 그분들을 평생 이해할 수 없으리라 생각했던 적도 있지만 가족이기에 미워할 수 없고 멀어질 수 없었다.

그런데 어느 순간부터 그분들 역시 내 눈치를 보며 조심하고 계시다는 것을 느꼈다. 다수가 한 사람인 나를 배려하고 계신 것이었다. 그런 분위기라면 내가 그분들의 얘기를 듣지 못할 이유가 없었다. 꼭 접점을 찾아야만 대화할 수 있는 것은 아니지 않는가. 듣다 보면 또 온전히 다름만 있는 것도 아니었다. 어른 중 일부는 편하게 전화를 걸어 내 의견을 묻기도 하신다. 당신들의 생각이 편견은 아닌지, 지지하는 당이 다르고 세대가 다르지만 나의 의견을 참고하시겠다는 어른들의 열린 마음과 포용이 내 마음과 귀를 한껏 열리게 만든다.

불혹과 지천명 사이

Montaigne's essai ∞∞∞∞∞∞∞∞∞∞

대중의 여론에 거슬러서 자기 판단을 결정하기란 어려운 일이다. 다음에는 이것이 증거와, 많은 사람이 믿는다는 권위와, 그 증언에 세월의 관록이 붙어서 더 지각 있는 자들에게 전파되어 간다. 나로서는 나 하나가 믿지 않는 일은 믿는 자가 백이 되어도 믿지 않을 것이고, 사상을 햇수로 판단하지도 않는다.

사람들이 무엇이든지 확실하다고 단정해서 말하면, 나는 그것을 진실한 일로 받아들이고 싶지가 않아진다. 나는 우리 말투 중에 말의 의미를 부드럽게 조절하는 "혹시, 어쩌면, 어떤 사람들 말이, 내 생각에는" 식의 어법을 좋아한다. 열 살 때 박사님 노릇을 시키기보다는 60이 넘어서도 제자의 태도를 지키게 하겠다. 무식의 병을 고쳐주려면, 그 무식을 자백시켜야 한다.

세상일이 진행되는 혼란을 보고 얻은 내 소득은, 내 것과는 다른 여러 색다른 습관들과 사상들에게 불쾌감을 느꼈다기보다는 교양을 얻었고, 그들을 비교해봄으로써 나를 오만하게 만들기보다는 겸손하게 만들었다는 것이다.

밖에 나타난 우리의 행동은, 단지 침착한 이성의 재주만으로 판단할 수 있는 일이 아니다. 속까지 뒤져 보아서 어떤 원동력(동기)이 사람을 움직여 행동하게 하는가를 보아야 한다.

"하느님이 신자들에게 준비해놓으신 행복은 눈으로 볼 수 없으며, 사람의 마음속에 들어갈 수 없느니라." 하고 사도 바울은 말하였다. (고린도서)

내가 온실 속 화초처럼 살았을 것 같다던 사람들이 우연한 기회에 내가 겪은 일들을 알게 됐을 때 '반전 드라마'라는 표현을 쓰기에 강한 의문을 품었던 적이 있다. 표현에 거부감이 든 것이 아니라 왜 내가 온실 속 화초처럼 보였을지가 궁금했다. 30대 중반 즈음에 가끔 철학관에 다니곤 했는데 심지어 어떤 철학관에서는 "너 아주 잘 살았구나!" 하는 것이었다. 무슨 의미인지를 되물었더니 그런 일들을 겪고도 표정을 잘 가꾸며 살았다고 칭찬해주는 말이라 했다. 20대에는 차갑고 도도해 보인다는 말 때문에 스트레스를 많이 받았는데, 내 인상이 대체 어떻게 변한 것인지 표정을 잘 가꾸었다는 칭찬까지 들으니 이게 웬일인가 싶었다. 주름도 아닌 표정을 가꾸며 살 생각은 해본 적이 없었기 때문이다.

언젠가 나와 가장 친한 친구에게 이런 고민 아닌 고민을 털어놓았더니 친구가 하는 말이 이랬다.

"네가 잘 웃으니까 그렇지!"

생각해보니 정말로 나는 잘 웃었다. 내가 언제부터 그렇게 잘 웃는 사람이 됐는지는 모르겠다. 그런 말을 듣는 나 자신이 신기했다. 그런데 친구 말은 반만 맞았다. 나는 잘 웃기도 했지만 또 잘 울기도 했기 때문이다. 관리비 고지서로 뚫린 내 눈물샘은 나를 곧잘 울보로 만들었는데 아마 내가 잘 웃을 수 있게 된 건 잘 울어서가 아닐까, 하는 생각이 들었다.

우울증을 잘 넘기고 영화 공부가 내 인생을 바꾼 얘기는 이미 했지만 감정에 솔직해진 이후 나는 마음의 힘이 빠지는 것을 느낄 수 있었다. 물 위에 떠 있는 몸처럼 마음도 힘을 빼야 나아갈 수 있는 것 같다. 악착부리고 아등바등 사지를 바동거릴수록 체력만 고갈되고 단 1미터도 나아가기 어려웠던 것이다.

마음의 힘을 빼주고, 그래서 나를 조금씩 세상을 향해 걸어길 수 있게 해준 것은 다름 아닌 내가 겪은 시련과 고통이다. 나에게 담금질의 시간이 없었다면 나의 그 거만함과 세상 뾰족한 꼿꼿함이 결국 나를 가라앉게 했을 것이다.

또한 내 시련과 고통은 그것들이 곧바로 죽음과 직결되는 경험들이라서 더 강력한 힘을 발휘했던 것 같다. 내가 넘어야 했던 것이 언덕이든 산이든 그 이면엔 올라갈 때와 똑같은 경사의 내리막길, 즉 절벽만이 존재했다. 신이 보시기엔 아마도 그것만이 나에게 유일하게 통하는 방법이었나 보다. 절벽 끝에 세워놓지 않으면 안 될 만큼 다루기 힘든 피조물. 원하시는 대로 결국 나는 깨닫는 중이다. 그 무엇도 장담해서는 안 되고, 내 일과 남의 일이 따로 없다는 사실을. 지독한 허무주의와 무용론에 빠지고 싶을 때가 숱하게 많았지만 다행히 나는 웃음을 잃지는 않았다. 살아야겠다는 본능이 나를 웃음으로 이끈 것일까.

정신을 놓고 웃고 있으면 얘기가 달라졌을 텐데 정신은 붙든 채로 하하거리고 있어서 그나마 다행이다.

40이 되면서 불혹不惑이라는 말 앞에 나를 세워놓았던 적이 있다. 나는 정말 미혹되지 않을 만큼 자립했나? 대답은 NO. 물론 나는 내 나름의 정체성도, 세계관도 정립되어 있다. 그러나 흔들리지 않을 자신도 없고 흔들리는 것에 부정적이지도 않다. 짐작건대 나는 죽을 때까지 불혹 앞에서 YES를 외칠 일은 없을 것 같다. 그러나 곧 다가올 지천명知天命에는 NO라고 답하고 싶지 않다.

'처지處地'라는 말은 '그 사람이 발 딛고 서 있는 바로 그곳'을 말한다. 신영복 선생님은 한 사람을 이해한다는 것은 곧 그 사람의 처지를 이해하는 것이라고 말씀하셨다. 내가 서 있는 곳에서 그 사람을 이해할라치면 그것은 온전한 이해가 아닌 것이다. 그 사람이 서 있는 곳에 내 두 발을 직접 세워봐야 그제야 그 사람과 같은 시선으로 세상을 바라볼 수 있게 된다. 그런 역지사지야말로 상대성, 다양성과 동의어이다. 나아가 지천명과도 한 결로 이어진다. 역지사지로 그 사람을 이해할 줄 아는 것보다 더 큰 하늘의 뜻이 있을까.

작년에 여행으로는 처음으로 일본 간사이 지방에 다녀왔는데 귀국 하루 전날 지진을 만났다. 일본 기상청 규모 기준으로

6악鄏을 기록한 비교적 강진이었고 오사카 지역에서는 근 100년 만에 찾아온 지진이었다고 하니 운이 나빴다고 해야 하나. 여행 일정이 틀어진 것은 물론하고 모든 교통수단이 끊겨 완전히 발이 묶인 상태여서 귀국 여부조차 확신할 수가 없는 상황이었다. 그러나 역시 일본은 지진에 있어서는 완벽에 가까울 만큼 대비가 잘된 나라였다. 하루 만에 철로가 복구된 것이다. 안전상 고속으로 달리지는 못했지만 운행에는 지장이 없었다.

무사히 한국 땅을 밟은 후 내가 내뱉은 첫마디는 "역시나!" 였다. 늘 그랬듯 내 인생에는 사건사고가 예삿일이거늘, 한 치 앞도 모르는 내 주제를 또 한 번 느끼게 해주셨구나. 일본 사람도 아니고 일본에 장기간 거주하는 사람도 아닌 나에게, 살면서 단 한 번도 지진이 나에게 닥칠 수 있는 일이라 여겼던 적이 없던 나에게 지진은 마치 그게 왜 네 일이 아니냐는 식으로 당연하게 찾아왔다. 이런 나여서 내가 남의 '처지'를 단순히 남의 것으로만 여기며 살 수는 도저히 없는 것이다.

그러니 나는 그냥 또 받아들인다. 조금만 방심해도 내가 쉬이 오만해지고 이기적으로 살 인간임을 그분은 너무나 잘 꿰뚫고 계시기에, 나를 끊임없이 훈련하려 애써 만들어주신 길이라면 그것마저도 귀중히 여기면서 말이다. 부디 그 훈련이 헛되지 않아 내가 50 즈음엔 천명을 제대로 알게 되었다고, 주신 아품들과 영화라는 선물로 좀 더 많은 사람을 이해하며 살 수 있게 되었다고 감사의 기도를 바칠 수 있기를.

에필로그

누가 시킨 것도 아닌데 참으로 열심히 그리고 성실히 집필에 매진했다. 퇴고하면 꽤 오랫동안 앓겠구나, 그리고 당분간 글을 쓸 수 없을지도 모르겠다는 생각이 들었다. 내 모든 것을 이번 책에 다 쏟아부었기 때문이다. 그런데도 몇 가지 걱정과 아쉬움이 남는다.

책을 써야겠다고 마음먹었을 때 내가 나에게 했던 당부는 '힘 빼고 쓰자'였다. 담담하고 담백하게 나를 드러내 보이고 싶었는데 어디선가 또 잔뜩 힘이 들어간 것 같다. 내 경험으로 얻은 깨달음에 공감이 되는 부분이 있다면 그것으로 감사할 따름인데, 내 이성과 감성의 온도 차가 불편하게 느껴지거나 거부감이 들었을 수도 있다. 그러나 그렇다고 해도 할 수 없다. 나는 있는 그대로 나를 적었을 뿐이다. 누구를 가르치고 싶은 생각은 추호도 없다. 강요할 생각은 더더욱 없다. 내 수준이 누구를 가르칠 만큼이 아니라는 것은 내가 제일 잘 안다. 내가 부족해서 표현이 그 정도였던 것이지 내 진심은 정말로 그러하다.

내 부족함으로 《에세》를 온전히 통달하지는 못했다고 프롤로그에서도 고백했듯이 나는 분명히 몽테뉴의 글을 자의로 해석한 게 많을 것이다. 책이든 영화든 노래든 창작자의 손을 떠나는 순간 그것들은 어차피 창작자의 것이 아니다. 창작자가 어떤 의도로 어떻게 만들었든 결국 읽고 보고 듣는 사람 마음대로 소비되기 마련이다. 그러니 내 자의적 해석을 너무 자책하고 싶지는 않다. 다만 그 해석이 몽테뉴의 생각을 정반대로 왜곡한 결과가 아니기를 간절히 바란다. 그런데도 혹여 그런 부분이 있다면 전적으로 그것은 내 무지의 소산임을 인정한다.

본문에 몽테뉴가 밝힌 《에세》의 집필 원칙을 설명한 바 있다. 진정한 에세이는 자신을 깊이 관찰한 뒤 자기표현은 양심적으로 하고, 더도 덜도 말고 있는 그대로의 자신을 보여주는 글이다. 그래서 에세이는 그 어떤 글보다 많은 용기를 필요로 한다. 솔직히 무모하게 도전한 것은 아닌지 겁이 날 때도 많았다. 그런데도 결국 여기까지 오고야 말았다. 부끄럽고 민망하지만 글의 품격은 진실에서만 나온다는 사실에 의지해 더 진술하지 못한 부분은 없는지만 돌아보려 한다. 초보 에세이스트로서 독자 여러분의 넓은 관용을 부탁드리고 싶다.

활자가 넘쳐나는 시대에 나까지 활자 공해의 공범이 되는 건 아닌지도 걱정스럽다. 글에 대한 나의 욕심이 과했던 것은 아닌지도 점검해보게 된다. 얕은 지식, 설익은 지혜, 비할 바 없는 미천한 경험이지만 몽테뉴의 글이 왜 나한테 의미가 있었는지, 그의 메시지를 어떻게 하면 잘 전달할 수 있을지를 고민하다 보니 어쩔 수 없이 내 경험을 끌어올 수밖에 없었다. 나를 표현하기 위한 수단으로만 《에세》가 활용된 것은 아니라는 점을 전하고 싶다.

전작들을 통해 이미 알고 계신 독자들이 있겠지만 나는 영화를 글로 소개하는 사람이다. 아마도 내 글을 기다리셨다면 영화에 대한 궁금증을 해소하고 싶어서일 것이다. 그런데 이번엔 영화 소개를 부록으로 매우 단순하게 처리해서 영화를 사랑하는 독자들의 갈증에는 별로 도움이 되지 못했다. 이 책에서는 내가 왜 영화를 소개하며 살게 됐는지, 영화에 대한 내 애정은 어느 정도인지, 나는 어떤 영화들을 소개하고 싶은지 자세히 알려드리고자 했다. 나라는 사람에 대해 아는 것이 내가 추천하는 영화에 대한 신뢰로 연결되길 바란다면 이것은 욕심일까.

내가 추천하는 영화들은 내 진심 그 자체다. 사실 전공자도 아니고 평론가도 아닌 나는 영화 외적인 부분에 대해서는 무식하기 그지없다. 감독에 대해, 배우들에 대해 장광설을 늘어놓을 재주도 없다. 그러나 적어도 영화를 대충 선정하는 일은 없다. 내가 늘 강조하듯 영화는 인문학이다. 오락거리로서의 가치도 소중하지만 기왕이면 가슴에 울림과 감동을 주는 영화를 소개하고 싶다. 힘겨운 삶의 여정 속에서 잠시 잠깐이라도 영화가 작은 위안을 주고 나아가 치유제가 되기를 바라는 마음에서다.

글 감옥은 언제나 춥고 외롭다. 그런데도 때가 되면 자꾸 그 안에 들어가고 싶어진다. 역설적이게도 나를 철저히 가둘 때만 바깥세상과 온전히 소통할 수 있기 때문이다. 어딘가에서는 만용이, 또 다른 어딘가에서는 의뭉이 보였겠지만 이 책이 조금이나마 나라는 사람을 알게 하고 내 진심을 신뢰할 수 있게 되었기를 조심스레 바라본다. 늘 수양하는 자세로 더 좋은 영화를 발견하고 진정의 글로 다시 찾아뵐 것을 약속드린다. 깊은 감사와 존경을 전하며 긴 글을 마무리한다.

함께 보면 좋은 영화

1장 · 존재만 하지 말고 살아라

50/50 (2011)

감독 : 조나단 레빈
출연 : 조셉 고든 레빗, 세스 로건

인간이 근원적으로 외로울 수밖에 없는 이유는 마지
막 길을 언제나 혼자 걸어가야 하기 때문이다. 그래
도 삶은 아름답다. 절망 속에서 사랑은 더 커지고 새롭
게 피어나기도 하니까. 사랑의 표현방식은 제각기 다
르지만 전해져야 할 온기는 어떻게든 전해지나 보다.
케이티의 서툴면서도 부자연스러운 스킨십이 상상 외
로 큰 위로가 된다.

네버엔딩 스토리(2012)

감독 : 정용주
출연 : 엄태웅, 정려원

인생은 계획대로 안 된다. 사는 것도 죽는 것도. 내 인생인데 내가 세운 계획을 이루는 것은 로또복권 당첨의 확률만큼이나 낮다. 애초에 계획의 주체는 인간이 아니니까. 그래도 끝날 때까지 끝난 게 아니다. 아니 영원히 끝은 없을지도 모른다. 영화 제목 〈네버엔딩 스토리〉가 삶과 죽음의 모든 명제에 대한 정답인 것 같다.

오베라는 남자(2015)

감독 : 하네스 홀름
출연 : 롤프 라스가드, 바하르 파르스, 필립 버그, 이다 엥볼

사는 것보다 죽는 게 더 힘들다는 어른들의 말씀은 진리다. 죽음이 도처에 깔려 있다고 해도 생명력 또한 질긴 법이다. 죽음을 앞두고 살고 싶어 하는 사람들의 이유는 많고도 넘치지만, 미치도록 죽고 싶어 하는 사람들의 이유는 하나인 것 같다. 몸이 아프거나 마음이 아프거나. 육체의 치료는 의사의 몫이지만 마음의 치유자는 누구든 될 수 있다. 사랑을 나눌 줄 안다면.

레인 오버 미(2007)

감독 : 마이크 바인더
출연 : 아담 샌들러, 돈 치들

슬픔을 극복하려면 충분한 애도가 필요하다고 전문가들은 말한다. 그러나 사랑하는 사람의 예측하지 못한 죽음을 마주했을 때 애도라는 첫발조차 뗄 수 없는 사람들이 있다. 찰리를 보면서 당신은 과연 찰리의 아픔이 느껴지는지, 그를 도울 수 있겠는지 생각해보기 바란다. 그에게 연민을 갖는 것조차 미안해질 것이다.

데몰리션(2015)

감독 : 장 마크 발레
출연 : 제이크 질렌할, 나오미 왓츠, 크리스 쿠퍼

슬픔이 너무 커 슬픔을 느끼지 못하는 것은 모순이 아니다. 주체할 수 없는 슬픔은 단기 기억상실증을 일으키기도 하고 감각기관을 마비시키기도 하니까. 그럴 땐 완전한 타인이 훨씬 편하고 힘이 될 때가 있다. 가장 가까운 사람이 제일 불편할 수 있다. 함께 비를 맞는 것만이 사랑은 아닐 것이나, 함부로 우산을 꺼내는 우를 범하지는 말자.

나는 사랑과 시간과 죽음을 만났다(2016)

감독 : 데이빗 프랭클
출연 : 윌 스미스, 에드워드 노튼, 키이라 나이틀리

이 영화의 원제는 〈collateral beauty(부차적인 아름다움)〉다. 왜 고통이 'collateral beauty'일까. 나는 고통을 합리화하는 말들을 싫어한다. 그러나 시간이 지날수록 고통이 새로운 의미로 다가올 때도 있다는 것을 이해한다면 고통 안에 담긴 아름다움이 서서히 보일 것이다. 가시 없는 장미는 장미가 아니듯 아름다움은 필히 고통을 수반하나 보다. 그럼에도 아픔이 너무 길지 않기를.

3장 · 내 길만을 똑바로 걸어가라

황혼의 사무라이(2002)

감독 : 야마다 요지
출연 : 사나다 히로유키, 미야자와 리에, 코바야시 넨지

권력도, 돈도 없지만 명예롭고 품위 있게 살 수 있음을 보여준 사람. 가족에 대한 그의 헌신, 한 여자를 향한 지고지순의 사랑은 누구나 실천할 수 있는 사소한 것들이 아니다. 인생에는 작지만 무게를 갖는 가치들이 있다. '평범한 일상' 속에서 지켜내야 할 것들을 지킬 때만이 인생에 격이 생긴다. 진정한 인생을 산다는 건 그런 의미다.

천 번의 굿나잇 (2013)

감독 : 에릭 포페
출연 : 줄리엣 비노쉬, 니콜라이 코스터 왈도

같은 여자로서 레베카가 가진 사명감과 열정이 자랑
스럽고 위대해 보인다. 한편 가족에 안착하지 못하고
부유하는 그녀가 안쓰럽고 가엾다. 일과 가정의 양립
이 여성에게만 더 큰 의무와 부담이 되는 부당함을 너
무나 잘 안다. 하지만 세상을 향한 그녀의 분노가 엄
마를 향한 큰딸의 분노보다 더 크다고 말할 수는 없겠
다. 이렇게 말할 수밖에 없는 현실이 참으로 속상하다.

소공녀 (2017)

감독 : 전고운
출연 : 이솜, 안재홍

집 없으면 어때. 돈 없으면 어때. 비굴하지 않고 당당한
당신의 영혼은 이미 슈퍼 갑이다. 백발로 덮인 당신의
얼굴이 성형과 명품으로 치장한 외모보다 더욱더 예
쁘고 빛난다. 배고프고 초라한 당신의 사랑이 계산과
정략으로 맺어진 노예보다 훨씬 더 '염치 있다'. 당신을
손가락질하는 자들은 부러움을 숨기려고 몽니를 부리
는 것이다. 부끄러움이라도 알면 그나마 다행이겠지.

4장 · 늙어갈수록 주인의식을 키워라

유 돈 노우 잭(2010)

감독 : 베리 레빈슨
출연 : 알 파치노, 브렌다 바카로, 존 굿맨, 수잔 서랜든

'죽음의 의사'라 불린 잭 케보디언 박사의 이야기를 다룬 실화 영화. 불치병 환자의 자살을 돕는 것이 의사의 사명이라 믿는 잭. 인간의 법과 교회의 법으로는 그의 신념은 '유죄'다. 그러나 환자들에게 그는 무죄이고, 잭이 스스로 표현하듯 그는 '헌신적인 의사'이며, 그래서 그의 행위는 인간애의 실천이다. 찬반을 떠나 변하지 않는 사실은 우리는 모두 결국 환자가 된다는 것.

내 인생의 마지막 변화구(2012)

감독 : 로버트 로렌즈
출연 : 클린트 이스트우드, 에이미 아담스, 저스틴 팀버레이크

윗세대의 확신은 양날의 검이다. 인생의 정수가 될 때도, 옹고집이 될 때도 있기 때문이다. 그러나 자신이 가진 정수를 고집으로 만들지 않기 위해서는 다음 세대에게 그것을 제때 넘겨주어야 한다. 박수를 받으며 떠나지는 못해도 끌려 내려오는 치욕은 면할 수 있다. 물론 넘겨줄 수 있는 정수라도 가지고 있는 게 우선이겠지만.

인턴(2015)

감독 : 낸시 마이어스
출연 : 앤 해서웨이, 로버트 드 니로

연륜을 열정의 '그림자'로 재탄생시킨 벤. 효나 경로사상이 옛말이 된 지금 존경까지는 아니어도 존중받는 어른이 되는 법을 벤이 가르쳐준다. 오늘은 또 다른 하루의 시작일 뿐, 새로운 하루 앞에서 우리는 모두 인턴이다. 내 부족함을 다른 세대로부터 배우고 서로의 지식과 지혜를 나누는 일이 이 시대를 사는 삶의 기술이 아닐까.

5장 · 의지로 품격을 만들어라

보리밭을 흔드는 바람(2006)

감독 : 켄 로치
출연 : 킬리언 머피, 리암 커닝햄, 패드레익 들러니, 올라 피츠제럴드

형(테디) : 내 얘기를 들어봐.
동생(데미엔) : 아니, 형이 내 얘기를 들어.
똑같다. 우리의 현실과.
"네가 싸우는 적이 누군지는 알기 쉽지만, 네가 왜 싸우는지는 알기 어렵다.", "무엇에 반대하는지 아는 건 쉽지만, 뭘 원하는지 아는 건 어렵다."
왜 싸우는지, 뭘 원하는지 모르는 이유? 늘 '나는 맞고 너는 틀릴' 뿐이니까.

남쪽으로 튀어(2012)

감독 : 임순례
출연 : 김윤석, 오연수, 한예리

그 부부가 이상주의자라고? 좋다, 이상주의자라고 하자. 그런데 동시에 언행일치자, 지행일치자, 신행信行일치자다. 그 부부에게 한심한 눈길을 주는 당신들은 변절자이고! 자기 자신에 대한 의리도 못 지키면서 입으로 조국과 민족과 애국을 담는 자들, 왜 부끄러움은 국민의 몫이어야 하는가. 돈 없고 권력 없어도 폼 나게 좀 살자. 제발.

미스 슬로운(2016)

감독 : 존 매든
출연 : 제시카 차스테인, 마크 스트롱

자존심을 지킨다는 것은 이런 것이다. 제대로 된 복수란 또한 이런 것이다. 정치가 잘못되고 나라가 흔들리는 이유는 양심껏 행동하는 사람들에게 보상하지 않고 자리보전을 위해 쥐새끼처럼 행동하는 사람들에게 보상하기 때문이라는 그의 말, 딱 우리 얘기다. 자신(자기 편)의 승리만을 믿는 어리석음과 오만이 결국 부메랑으로 돌아온다는 진리를 지겹게 또 말해야 할까.

데어 윌 비 블러드(2007)

감독 : 폴 토마스 앤더슨
출연 : 다니엘 데이 루이스, 폴 다노, 케빈 J. 오코너

인간의 욕망 앞에서 '적당히'라는 말은 불가능한 것 같다. 영화는 돈과 사이비 종교를 두 축으로 그것이 얼마나 닮아있는지 시종일관 강렬하고 충격적인 모습으로 그려낸다. 모든 탐욕의 끝이 그렇듯 마비된 인간의 이성은 자신을 파멸시킨 후에야 끝이 난다. '피를 흘리게 될 것'이라는 제목으로 이미 메시지는 다 전달됐다.

코스모폴리스(2012)

감독 : 데이비드 크로넨버그
출연 : 로버트 패틴슨, 제이 바루첼, 줄리엣 비노쉬, 폴 지아마티

"기업은 시간까지 주물러. 미래라는 상품을 만들면 현재는 버리게 돼."
돈의 실체에 대한 많은 대사 가운데 가장 인상적인 대사였다. 돈이 시간까지 지배하게 됐다는 사실을 미처 깨닫지 못하고 살았다. 16세기에도 몽테뉴는 삶의 속도가 빠르다고 느꼈는데 이 시대는 가히 광분의 속도이니, 현재를 지키고 싶으면 돈의 지배에 강력히 저항하는 수밖에 없다. 우리 모두 정신을 꼭! 붙들어야 한다.

몰리스 게임(2017)

감독 : 아론 소킨
출연 : 제시카 차스테인, 이드리스 엘바, 케빈 코스트너

돈에 대한 욕망은 지배욕이다. 그리고 애정이나 인정 같은 어떤 결핍에 대한 보상 욕구다. "탐욕에 지쳤어." 법에 따른 처벌은 근본적인 해결이 아니다. 탐욕에 지배당하는 자신을 자각하는 일이야말로 늪에 빠진 인생을 건져 올릴 유일한 방법이다. 늪에서 나온 몰리는 이 탐욕의 자리에 무엇을 두고 살게 됐을까. 나아가 애초에 탐욕에 빠지지 않을 방법은 또한 무엇일까.

7장 · 연결되어 있음을 명심하라

카모메 식당(2006)

감독 : 오기가미 나오코
출연 : 고바야시 사토미, 카타기리 하이리

일본 영화가 주는 위로 중에 큰 역할을 하는 것이 바로 음식이다. 함께 밥(혹은 술)을 먹어야 친해지는 이치는 만국 공통인가 보다. 동물의 위를 채우는 단순한 행위에 정성이란 가치가 더해져서일까, 음식은 본래 여럿이 함께 먹을 때 맛있어서일까. 뭐가 됐든 상관없다. 누군가에게 힘이 되고 싶을 때는 무심한 듯 "밥 먹자~" 한마디를 건네보자.

마카담 스토리(2015)

감독 : 사무엘 벤체트리트
출연 : 마이클 피트, 이자벨 위페르

우연은 그냥 우연일까? 우연을 인연으로 만드는 것은 시간일까, 의지일까? 답은 나도 모르겠지만 마음을 나누는 데 뭐 대단한 철학이나 기술이 필요한 게 아니라는 것만은 알 것 같다. 사람에 대한 사소한 관심과 작은 베풂이면 된다. 이것들도 과한가? 그저 따뜻한 말한 마디 아니, 따뜻한 눈빛으로 충분할지도 모르겠다.

월터 교수의 마지막 강의(2016)

감독 : 팀 블레이크 넬슨
출연 : 샘 워터스톤, 크리스틴 스튜어트, 그레첸 몰, 글렌 클로즈

설명이 부질없는 영화들이 있다. 내 능력의 부족함이 크겠지만 "그냥 보세요." 한 마디면 족할 영화들. 서로 타인이 되지 말자는 월터 교수의 당부와 부탁을 듣는 순간 저절로 그것이 삶의 신조가 되는 마법을 경험하게 될 것이다. 예견하지 못했던 마지막에서 몽테뉴의 말을 읊조린 장면이 잊히지 않는다. "양배추를 심는 동안에 죽음이 날 찾아오길 바란다. 죽음에 무심한 채, 아직 할 일이 남아 있을 때."

8장 · 영혼의 동반자를 가져라

괜찮아요 미스터브래드(2017)

감독 : 마이크 화이트
출연 : 벤 스틸러, 오스틴 에이브람스

자신의 꿈을 버리고 자식을 위해 헌신하는 부모들의 행동을 보상심리, 대리만족이라 폄하하곤 한다. 그러나 결국 잘된 자식을 두고 사람들은 그 부모를 칭송하기 마련이다. 자식의 가장 큰 스승은 역시 부모이기 때문이다. 장성한 자식으로부터 '감사하고 사랑한다'는 말을 듣는 부모들, 정말로 훌륭히 잘 사신 것이다. 같은 부모로서 그런 분들이 한없이 존경스럽고 부럽다.

유아 낫 유(2014)

감독 : 조지 C. 울프
출연 : 힐러리 스웽크, 에미 로섬, 조쉬 더하멜

어떤 친구는 나를 위해 하늘에서 내려온 수호천사일 거란 생각을 한 적이 있다. 가족이 해줄 수 없는 빈 곳을 채워주는 유일한 존재. "You're not you."가 "You're me."로 읽히는 사람. 모든 관계는 적당한 거리가 있어야 건강한데, 그 거리를 좁히는 게 불편하거나 부자연스럽지 않은 사람이 있더란 말이다. 영원할 필요는 없다. 짧아도 충분히 강렬할 수 있으니까.

이터널 선샤인 (2004)

감독 : 미셸 공드리
출연 : 짐 캐리, 케이트 윈슬렛

사랑의 실체를 가장 정확하게 그려냈다고 보는 영화다. 기억을 지워도 심장이 또다시 알아보는 상대. 애매한 사랑은 사랑이 아니라고 믿는 나지만 조엘과 클레멘타인은 의심 없이 사랑이다. 둘에게 그 사랑이 아픔일지라도 아픔마저 누구에게나 허락되는 것은 아니니 너무 불행해하지 말기를. 〈Eternal Sunshine Of The Spotless Mind(흠 없는 마음의 영원한 햇살)〉. 사랑을 정의하는 원제가 참으로 황홀하다.

9장 · 인간성을 사수하라

도그빌 (2003)

감독 : 라스 폰 트리에
출연 : 니콜 키드먼, 폴 베타니

너무 무섭고 끔찍해서 몇 번이나 눈을 질끈 감아야 했다. 인간은 가장 악랄한 동물이다. 한 인간의 변절보다 훨씬 위험한 것은 집단광기다. 오로지 악의 지배만 받는 광기. 몽테뉴가 그토록 그것을 혐오했던 이유다. 그 이치를 평생 체득해온 갱 두목 아버지가 인간의 선의를 믿었다 배신당한 딸을 향해 "그것은 너의 오만의 대가"라고 일갈하는 장면이 뇌리에 박혀 괴롭다.

언싱커블(2010)

감독 : 그레고 조던
출연 : 사무엘 L. 잭슨, 캐리 앤 모스, 마이클 쉰

인간의 잔인한 행위로 몽테뉴가 평생 신랄히 비판한 것이 바로 고문이다. "이것이야말로 잔인성이 도달할 수 있는 극한이다." 그는 실제로 고문의 효과가 없다고 주장한다. 이 영화가 아니어도 신체적 고통이 인간의 의지와 양심을 깨지 못하는 예는 수없이 많다. 아이러니한 것은 고문의 비효과성을 구역질 나는 고문 행위를 개발하는 고문기술자의 입에서 듣게 되는 일이다.

프라미스드 랜드(2012)

감독 : 구스 반 산트
출연 : 맷 데이먼, 존 크래신스키, 프란시스 맥도맨드, 로즈마리 드윗

돈이 절대 신앙이 되고 인간의 욕망이 변하지 않기 때문에 역사의 비극은 반복된다. 그런데도 인류가 멸하지 않고 세상이 조금씩이라도 전진하는 이유는 분명히 있다. 양심이 누군가에게는 작동하기 때문이다. 물론 선의가 반드시 선한 결과를 가져오지는 않는다. 그래도 어딘가에 살아있는 양심이 빛을 발하는 한 최소한 희망을 입에 담을 수는 있는 것이다.

유레루(2006)

감독 : 니시카와 미와
출연 : 오다기리 죠, 카가와 테루유키

내 기억은 다 정확한가? 같은 상황을 겪은 사람들도 모두가 앵무새처럼 똑같은 진술은 하지 않는다. 자신의 회로에서 편집된 기억만을 남길 뿐이다. 그래서 무섭다. 확신에 차서 말하는 사람들이. 그렇다고 내화를 녹음하는 것이 일상화한 작금의 시대도 무섭다. 서로 간의 믿음은 어디에서 어떻게 복원해야 할까. 아마 자신을 끊임없이 의심하는 것이 시작일지도 모른다.

다우트(2008)

감독 : 존 패트릭 샌리
출연 : 메릴 스트립, 필립 세이모어 호프만

사람을 한 단계 성숙시키는 순간은 자기 확신을 깰 때인 것 같다. 때로는 오기와 독기가 삶을 지탱시키는 힘이기도 하지만 결국 휘어지지 못하면 부러질 뿐. 종교처럼 보이지 않는 존재와 가치들에 대한 맹목적 믿음은 더욱더 그렇다. 열지 않으면 내 믿음이 나를 공격한다. 원장 수녀의 마지막 통곡은 말이 필요 없는 신의 사랑이었다.

더 헌트 (2012)

감독 : 토마스 빈터베르그
출연 : 매즈 미켈슨, 토머스 보 라센, 수시 올드, 아니카 베데르 코프

몽테뉴가 규정한 최고의 악덕, 거짓말. 그는 그것을 저 주받을 악덕이라고 했다. 어린아이들의 거짓말은 그들의 순수해 보이는 얼굴에 가려져 속기 쉽고, 어른들의 거짓말은 노련하고 계산적이어서 넘어가기 쉽다. 그러나 거짓말의 주체가 누구인지와 상관없이 거짓말에 관한 진실은 하나다. 영원한 거짓은 없다는 것.

살고 싶어 몽테뉴를
또 읽었습니다

초판 1쇄 발행 2020년 1월 30일
초판 2쇄 발행 2020년 7월 10일

지 은 이 이승연

기획편집 도은주
SNS 홍보·마케팅 류정화

펴 낸 이 윤주용
펴 낸 곳 초록비책공방

출판등록 2013년 4월 25일 제2013-000130
주   소 서울시 마포구 월드컵북로 402 KGIT센터 925C호
전   화 0505-566-5522 팩스 02-6008-1777
메   일 jooyongy@daum.net
포 스 트 http://post.naver.com/jooyongy

ISBN 979-11-86358-70-2 (03810)

이 도서의 국립중앙도서관 출판예정도서목록(CIP)은 서지정보유통지원시스템
홈페이지(http://seoji.nl.go.kr)와 국가자료공동목록시스템(http://www.nl.go.
kr/kolisnet)에서 이용하실 수 있습니다. (CIP제어번호 : CIP2020000564)